Com Todo Amor

Da mesma autora:

Os Catadores de Conchas
O Dia da Tempestade
O Fim do Verão
Flores na Chuva
O Quarto Azul
O Regresso
Setembro
O Tigre Adormecido
Victoria
Vozes no Verão
Sob o Signo de Gêmeos
Solstício de Inverno
Um Encontro Inesperado

Rosamunde Pilcher

Com Todo Amor

11ª EDIÇÃO

Tradução
Anna Zelma Campos

Copyright © 1968 by Rosamunde Pilcher
Título original: Another View

Capa: Leonardo Carvalho
Editoração eletrônica: Imagem Virtual

2013
Impresso no Brasil
Printed in Brazil

CIP-Brasil. Catalogação-na-fonte
Sindicato Nacional dos Editores de Livros, RJ.

P686c 11ª ed.	Pilcher, Rosamunde, 1924- Com todo amor / Rosamunde Pilcher; tradução de Anna Zelma Campos. – 11ª ed. – Rio de Janeiro: Bertrand Brasil, 2013. 208 p.
	Tradução de: Another view ISBN 978-85-286-0685-0
	1. Romance escocês. I. Campos, Anna Zelma. II. Título.
98-1732	CDD – 828.99113 CDU – 820(411)-3

Todos os direitos reservados pela
EDITORA BERTRAND BRASIL LTDA.
Rua Argentina, 171 – 2º andar – São Cristóvão
20921-380 – Rio de Janeiro – RJ
Tel.: (0XX21) 2585-2070 Fax: (0XX21) 2585-2087

Não é permitida a reprodução total ou parcial desta obra, por
quaisquer meios, sem a prévia autorização por escrito da Editora.

Atendimento e venda direta ao leitor:
mdireto@record.com.br ou (21) 2585-2002

1

Em Paris, em fevereiro, o sol brilhava. No aeroporto Le Bourget, ele reluzia num céu azul e refletia-se ofuscante na pista ainda molhada da chuva noturna. Visto do interior do saguão de espera, o dia parecia convidativo e eles se sentiram tentados a sair para o terraço, apenas para descobrir que aquele sol radiante não emanava calor, e a brisa alegre que soprava era afiada como a lâmina de uma faca. Derrotados pela ilusão que o dia lhes causara, resolveram ir ao restaurante para aguardar o anúncio do vôo de Emma. Escolheram uma mesinha para se sentar e aguardaram tomando café e fumando os cigarros Gauloise, de Christopher.

Apesar de despreocupados, absorvidos um pelo outro, mesmo assim chamavam alguma atenção — era inevitável, pois formavam um casal atraente. Emma era alta e bem morena. Os cabelos, caindo como uma cascata até pouco abaixo dos ombros, estavam puxados para trás e presos com uma fivela de tartaruga. Seu rosto não era exatamente lindo — as formas eram bem delineadas e a aparência forte demais para ser chamada de bela; o nariz era reto e o queixo quadrado e bem definido. Mas esses traços eram redimidos por seus olhos grandes, de um azul-acinzentado, que lhe proporcionavam um encanto especial, e por sua boca bem demarcada, que, apesar de, às vezes, ter um aspecto caído e desconsolado quando as coisas não saíam como queria, podia também abrir-se, de orelha a orelha, como a de um menino, quando estava feliz. E naquele momento, ela estava feliz. Naquele dia frio e claro, vestia um terninho verde-escuro, com uma suéter branca de gola pólo, que tornava seu rosto mais moreno ainda, mas aquela aparência sofisticada estava por ora apagada pela enorme quantidade de bagagem que fazia parecer, para um transeunte casual, ter sido salva de algum desastre causado por Deus.

Na realidade, aquilo era o acúmulo de seis anos vividos no exterior, mas ninguém sabia disso. Três malas já tinham sido registradas, e pagara caro por elas. Mas ainda havia uma valise de lona, uma sacola de compras, de onde brotavam longas *baguettes*, uma cesta estourando de tantos livros e discos, uma capa de chuva, um par de botas de esquiar e um enorme chapéu de palha.

Christopher examinava tudo, especulando de modo ligeiramente distante e tranqüilo como tudo aquilo seria colocado no avião.

— Você poderia usar o chapéu, as botas de esqui e a capa de chuva. Assim teria três coisas a menos para carregar.

— Eu já estou de sapatos e o chapéu voaria para longe. E essa capa de chuva é horrenda. Não consigo imaginar por que me dei o trabalho de trazê-la, afinal.

— Eu vou dizer-lhe por quê. Porque pode estar chovendo em Londres.

— Mas também pode não estar.

— Sempre chove — Christopher acendeu outro Gauloise no toco do primeiro. — Mais um bom motivo para ficar em Paris comigo.

— Já discutimos isso umas cem vezes. E vou voltar para a Inglaterra.

Ele sorriu sem rancor. Só queria mesmo mexer com

COM TODO AMOR

ela. Quando sorria, os cantos de seus olhos rajados de amarelo levantavam-se, e isso, combinado com seu corpo esbelto e lânguido, concedia-lhe uma aparência curiosamente felina. Suas roupas eram coloridas, esportivas, com ar ligeiramente boêmio: calças justas de veludo cotelê, botas de jogar pólo já bem surradas, camisa de algodão azul jogada por cima de uma suéter amarela, e uma jaqueta de camurça, bastante antiga, com os cotovelos e golas brilhando pelo uso. Parecia francês, mas era tão inglês quanto Emma e, de certa forma, até meio aparentado com ela, ainda que de forma distante, pois há muitos anos, quando Emma tinha seis anos e Christopher dez, o pai dela, Ben Litton, fora casado com Hester Ferris, mãe de Christopher. Mas o casamento durara 18 meses, sem ser muito bem-sucedido, até finalmente terminar. Agora, Emma lembrava-se daquela época como sendo a única de sua vida em que conhecera alguma coisa vagamente parecida com uma vida familiar.

Fora Hester quem insistira na compra do chalé em Porthkerris. Ben vivia num estúdio naquele mesmo local, desde muito antes da guerra, onde não existia o menor sinal de conforto. Logo depois de lançar um olhar para toda aquela sujeira no meio da qual deveria viver, Hester imediatamente adquirira dois chalés de pescadores, que transformou com gosto e encanto numa casa habitável. Ben não se interessava muito por essa atividade e o local tornou-se mais a casa de Hester; foi ela quem insistiu em ter uma cozinha que funcionasse, um boiler que aquecesse a água e uma grande lareira com lenha flamejante, o coração de seu lar, um ponto de encontro, em torno do qual as crianças pudessem se reunir.

Suas intenções eram as melhores possíveis, mas seus métodos de executá-las não foram apreciados. Ela tentou fazer concessões a Ben. Casara-se com um gênio, conhecia sua reputação e estava preparada para tentar ignorar seus romances, suas más companhias e sua atitude com relação ao dinheiro. Mas no final, como tantas vezes acontece com casamentos comuns, foi derrotada pelas pequenas coisas. Pelas refeições que ele esquecia de comer, pelas contas triviais que não eram pagas durante meses, pelo fato de Ben preferir beber no bar local, ao invés de fazê-lo de uma maneira mais civilizada, ou seja, em casa com ela.

Hester foi derrotada pela recusa de Ben em ter um telefone ou um carro; pelo bando de pessoas parecendo mendigos que ele convidava para dormir no sofá dela; e, finalmente, por sua total incapacidade de demonstrar em qualquer ocasião algum tipo de afeto.

Afinal, ela o deixara, levando Christopher e entrando quase que imediatamente com uma ação de divórcio. Ben ficou encantado quando ela tomou essa iniciativa, como também ficou muito feliz por ver o menino pelas costas, pois os dois nunca haviam se dado bem mesmo. Ben sentia ciúmes de suas prioridades masculinas, gostava de ser o único homem a ter importância em seus domínios, e Christopher, mesmo aos dez anos de idade, era um garoto que se recusava a ser ignorado. Apesar de todos os esforços de Hester, esse antagonismo persistira. Até mesmo os traços bonitos do menino, que Hester acreditava firmemente poder encantar os olhos de pintor de Ben, causavam efeito contrário: quando Hester tentou convencer Ben a fazer um retrato de seu filho, Ben recusou-se.

Depois da partida deles, a vida em Porthkerris retomou facilmente sua antiga rotina desagradável. Emma e o pai eram cuidados por uma série de mulheres desajeitadas, modelos ou estudantes de pintura, que entravam e saíam

8

COM TODO AMOR

da vida de Ben Litton com a regularidade monótona de uma fila de cinema bem organizada. A única coisa que elas tinham em comum era a adulação de Ben e uma enorme falta de interesse pelo cuidado com a casa. Ignoravam Emma o máximo possível, mas ela, na verdade, não sentira tanto a falta de Hester quanto as pessoas pensaram que sentiria. Cansara-se — tanto quanto Ben — de ser organizada e de andar sempre bem abotoada em roupas limpas, mas a partida de Christopher deixara um grande vazio em sua vida, difícil de ser preenchido. Durante um tempo, ela sentiu a falta dele, tentou escrever-lhe algumas cartas, mas não teve coragem de pedir a Ben o endereço dele. Uma vez, no desespero da solidão, fugira para tentar encontrá-lo. Foi até a estação para comprar uma passagem para Londres, que parecia-lhe um lugar tão bom para procurá-lo como qualquer outro. Mas tudo que tinha no mundo era uma libra e nove *pence*, e o chefe da estação, que a conhecia, levou-a para seu escritório que cheirava a lâmpadas de parafina e a carvão da estrada de ferro que ele queimava na lareira, deu-lhe uma xícara de chá que fervia numa chaleira de esmalte e levou-a de volta para casa. Ben estava trabalhando e nem notara sua ausência. E ela nunca mais tentou procurar Christopher de novo.

Quando Emma tinha 13 anos, Ben recebeu a oferta de uma bolsa para ensinar numa universidade do Texas durante dois anos, proposta essa que ele, sem pensar em Emma, aceitou imediatamente. Houve um pequeno hiato, durante o qual o futuro de Emma foi discutido. Quando lhe perguntaram sobre a filha, ele anunciou que simplesmente iria levá-la com ele para o Texas, mas alguém —possivelmente Marcus Bernstein — persuadiu-o de que ela ficaria melhor longe dele, e então Emma foi enviada para uma escola na Suíça. Ela permaneceu em Lausanne durante três anos, sem nunca voltar à Inglaterra, e depois foi para Florença, para estudar italiano e arte renascentista por mais um ano. No final desse período, Ben encontrava-se no Japão. Quando ela sugeriu que deveria juntar-se a ele, recebeu um telegrama: "ÚNICA CAMA LIVRE OCUPADA POR GUEIXA ENCANTADORA. POR QUE NÃO TENTA VIVER EM PARIS?"

Sabiamente, já que agora tinha 19 anos e a vida não mais a surpreendia, Emma fez o que ele sugeriu. Empregou-se com uma família chamada Duprés, que vivia num colégio em St. Germain. O pai era professor de Medicina e a mãe, professora escolar. Emma cuidava dos três filhos bem-comportados do casal, ensinando-lhes inglês e italiano, e levava-os, em agosto, para a modesta *villa* que a família possuía em La Baule, esperando o tempo todo, pacientemente, que Ben voltasse a viver na Inglaterra. Ele permaneceu no Japão 18 meses; quando voltou, passou pelos Estados Unidos, onde ficou em Nova York durante um mês. Marcus Bernstein foi encontrar-se com ele e, como sempre acontecia, Emma ficou sabendo do motivo da reunião, não pelo próprio Marcus, nem mesmo por Leo, que normalmente era sua fonte de informações, mas por um artigo longo e perfeitamente ilustrado na revista francesa *Réalités*, que falava a respeito de um Museu de Belas Artes, recentemente construído em Queenstone, na Virginia. O museu era um memorial criado pela viúva de um virginiano rico chamado Kenneth Ryan, e a inauguração da seção de Arte seria feita com uma exposição das pinturas de Ben Litton, desde suas paisagens anteriores à guerra até seus últimos abstracionismos.

Tal apresentação era uma honra e um tributo, mas inevitavelmente sugeria um pintor que deveria ser reveren-

COM TODO AMOR

ciado como um grande homem das Artes. Emma, enquanto examinava uma das fotos de Ben, cujo rosto era cheio de ângulos e contrastes, com a pele bronzeada, queixo protuberante e cabelos grisalhos, pensou em como se sentiria com aquele tipo de veneração. Ben fora um rebelde durante toda a vida, condenava as convenções e não conseguia imaginá-lo submetendo-se a ser um homem reverenciado sob qualquer aspecto.

— Mas que homem! — comentou madame Duprés, quando Emma mostrou-lhe a foto do pai. — Ele é muito atraente.

— É — Emma suspirou, pois esse era sempre o problema.

Ben retornou a Londres em janeiro, juntamente com Marcus, e foi diretamente a Porthkerris para pintar: assim foi participado a ela por Marcus. No dia em que a carta chegou, Emma comunicou a madame Duprés que se afastaria do trabalho. O casal tentou convencê-la, persuadi-la com agrados, suborná-la para que mudasse de idéia, mas ela estava decidida. Quase não vira seu pai durante seis anos. Já era tempo deles se conhecerem novamente. Disse que voltaria a Porthkerris para viver com ele.

Finalmente, já que não tinham outra opção, concordaram em deixá-la partir. O vôo foi marcado e ela começou a fazer as malas, jogando fora parte do que acumulara durante seis anos, enfiando o restante numa enorme quantidade de malas surradas e muito viajadas, que não foram suficientes. Emma convenceu-se de que deveria comprar uma cesta francesa de compras, pois assim poderia acomodar os vários objetos de formato estranho que se recusavam a entrar em qualquer outra embalagem.

Era uma tarde fria e cinzenta, dois dias antes da data

11

prevista de sua volta para casa. Como madame Duprés encontrava-se em casa, Emma explicou-lhe que precisava sair e deixou as crianças com ela. Para sua surpresa, descobriu que estava chovendo levemente, uma chuvinha fina e gelada. As calçadas de pedra da rua estreita brilhavam com a umidade, e as casas altas e desbotadas permaneciam quietas e juntas contra a penumbra, como rostos sem expressão. Do rio, vinha o pio rouco de uma gaivota solitária, que voava lá no alto, na neblina, com seu grito triste. Subitamente, a ilusão de Porthkerris era mais real do que a realidade de Paris. A resolução de retornar, que por tanto tempo permanecera no fundo de sua mente, cristalizava-se agora na impressão de já estar lá.

A rua levaria, não para a agitada St. Germain, mas para a estrada do porto, que estaria inundada pela maré, o cais tomado pelo mar cinzento e os barcos que balançavam, e uma onda enorme correndo para além do cais, o oceano Atlântico coberto por cavalos brancos. E haveria os odores familiares, o peixe do mercado e os pãezinhos quentes de açafrão da padaria; e todas as lojinhas de verão estariam fechadas durante a estação. E em seu estúdio, Ben estaria trabalhando, com as mãos enluvadas para combater o frio, o brilho de sua palheta num grito contra a repentina onda de nuvens cinzentas, emolduradas pela janela que dava para o norte.

Ela estava indo para casa. Em dois dias chegaria lá. A chuva molhava seu rosto quando então sentiu que não podia mais esperar; aquela sensação de urgência feliz fez com que corresse até a pequena casa de doces da rue St. Germain, onde sabia que poderia comprar uma cesta.

Era uma loja pequena, perfumada de pão fresco e de salsicha temperada com alho, com résteas de cebola que

COM TODO AMOR

caíam do teto, penduradas como colares, com jarras de vinho que os trabalhadores locais compravam a litro. As cestas estavam na porta, presas por uma corda que as suspendia. Emma não teve coragem de desamarrá-las para escolher uma, pois todas poderiam cair na calçada, e então entrou na loja para pedir a alguém que fizesse isso para ela. Lá se encontrava apenas uma mulher gorda ocupada com um freguês, e Emma esperou. O comprador era um homem jovem, de cabelos claros, que vestia uma capa riscada pelos pingos da chuva. Comprava uma bisnaga e uma rodela de manteiga do campo. Emma olhou-o e concluiu que pelo menos de costas ele parecia atraente.

— *Combien?* — ele perguntou.

A mulher gorda fez a soma com um toco de lápis e disse quanto ele devia. Ele pegou o dinheiro no bolso, pagou, virou-se, sorriu para Emma e dirigiu-se para a porta.

Lá, ele parou. Encostou a mão no portal, virou-se lentamente e deu uma segunda olhada. Emma pôde ver seus olhos cor de âmbar e seu sorriso lento e incrédulo.

O rosto era o mesmo, aquele rosto de menino que lhe era tão familiar, só que em um corpo desconhecido de homem. Ainda com a ilusão de Porthkerris tão próxima e forte, pareceu-lhe simplesmente que ele seria uma extensão daquela ilusão, uma fantasia de sua imaginação altamente estimulada. Não era ele. Não poderia ser...

Ela ouviu-se dizendo "Christo", e pareceu-lhe a coisa mais natural do mundo chamá-lo pelo nome que só ela usava. Ele respondeu lentamente: — Não acredito — largando em seguida seus pacotes no chão e abrindo os braços onde Emma foi aninhar-se, pressionando-se fortemente contra sua capa brilhante, molhada de chuva.

Tinham dois dias para passar juntos. Emma explicou

13

para madame Duprés: "Meu irmão está em Paris", e madame, que era muito gentil e afinal de contas já estava resignada a ficar sem Emma, liberou-a para passá-los com Christopher. Usaram esses dois dias em caminhadas lentas pelas ruas da cidade; debruçando-se nas amuradas das pontes para observar as barcaças deslizando embaixo deles, dirigindo-se para o sul e para o sol; sentando-se sob a sua luz fraca e tomando café nas mesinhas de ferro redondas e, quando chovia, refugiando-se em Notre Dame ou no Louvre, encarapitados na escadaria sob a Vitória Alada, e sempre conversando. Tinham tanto para perguntar e para contar... Ela ficou sabendo que Christopher, depois de várias tentativas em trabalhos que não eram o que realmente queria, decidira tornar-se ator, o que ia de encontro com os desejos de sua mãe — depois de 18 meses vivendo com Ben Litton, ela conhecera o suficiente do temperamento artístico para o resto de sua vida — mas ele insistira em seu propósito, chegando mesmo a ganhar uma bolsa de estudos para a Escola de Teatro. Trabalhou durante dois anos num teatro na Escócia, mudando-se em seguida para Londres; não sendo bem-sucedido nessa tentativa, trabalhou um pouco na televisão, afastando-se então da profissão, atendendo a um convite feito por uma conhecida, cuja mãe possuía uma casa em St. Tropez.

— St. Tropez no inverno?— Emma não pôde deixar de perguntar.

— Era então ou nunca. Jamais teríamos recebido tal oferta no verão.

—Mas não estava frio?

—Geladíssimo. Não parava de chover. E quando ventava, todas as persianas retiniam. Era como se fosse um filme de horror.

COM TODO AMOR

Em janeiro, Christopher voltara para Londres para ver seu agente e foi-lhe oferecido um contrato de 12 meses para uma pequena companhia de teatro no sul da Inglaterra. Não era exatamente o tipo de trabalho que ele queria, mas seu dinheiro estava acabando e afinal não era muito longe de Londres. Porém, o trabalho não começaria até o início de março e assim ele voltou para a França, e terminou indo para Paris; finalmente, encontrara Emma, e ficara aborrecido por ela estar voltando tão cedo para a Inglaterra, e fez tudo o que podia para dissuadi-la a mudar de idéia, adiar seu vôo, ficar em Paris com ele. Mas Emma estava decidida.

— Você não compreende. É uma coisa que tenho de fazer.

— Nem ao menos você foi convidada por ele. Você vai é intrometer-se na vida dele, interferir em suas aventuras amorosas.

— Eu nunca fiz isso antes; interferir, quero dizer. — Riu de sua expressão surpresa. — De qualquer maneira — continuou — não existe motivo para eu ficar, se você vai voltar para a Inglaterra no mês que vem.

Ele fez uma expressão de desagrado. — Gostaria de não ter de ir. Aquele teatrinho vagabundo de Brookford. Vou sentir-me perdido naquela selva durante quinze dias de representação. Além disso, só tenho que apresentar-me lá daqui a duas semanas. E se você ficasse em Paris...?

— Não, Christo.

— Poderíamos alugar um sótão pequeno. Pense em como nos divertiríamos. Jantaríamos todas as noites pão com queijo e muitas garrafas de vinho tinto rascante.

— Não, Christo.

— Paris na primavera... Céus azuis, flores e todo aquele perfume?

— Ainda não estamos na primavera. Estamos no inverno.

— Você sempre foi assim desse jeito, tão incompreensiva?

Apesar da insistência, ela não concordou em ficar e, depois de algum tempo, ele teve de admitir sua derrota.

— Muito bem, já que não consigo convencê-la a fazer-me companhia, vou simplesmente comportar-me de maneira muito educada e britânica, e levá-la até o seu avião.

— Isso seria perfeito.

— Será um grande sacrifício para mim. Odeio dizer adeus.

Emma concordou. Às vezes, sentia-se como se estivesse dizendo adeus às pessoas durante a sua vida inteira; e o som de um trem saindo de uma estação e ganhando velocidade era suficiente para deixá-la em prantos.

— Mas esta despedida será diferente.

— Diferente como? — ele quis saber.

— Não é realmente uma despedida. É *au revoir*. É só um momento entre dois olás.

— Minha mãe e seu pai não vão aprovar.

— Não importa que aprovem ou não — replicou Emma. — Nós nos encontramos novamente. Por enquanto é só isso que importa.

Acima deles, o alto-falante chiou e começou a anunciar com uma voz feminina:

— Senhoras e senhores, a Air France informa a partida do vôo número 402 para Londres...

— É o meu — falou Emma.

Apagaram os cigarros, levantaram-se e começaram a

COM TODO AMOR

juntar a bagagem. Christopher pegou a maleta de lona, a sacola de papel da Prisunic e a grande cesta que parecia querer explodir. Emma jogou a capa sobre os ombros, pegou sua bolsa, as botas de esqui e o chapéu.

Christopher comentou: — Gostaria que você usasse o chapéu. Ele completaria sua figura.

— Ele voaria. Não quero parecer engraçada.

Desceram para o andar de baixo, cruzaram a extensão de assoalho brilhante em direção à alfândega, onde uma pequena fila de passageiros já estava se formando.

— Emma, você vai para Porthkerris hoje?

— Sim, vou pegar o primeiro trem que puder.

— Está com dinheiro? Quer dizer, libras, *shillings, pence?*

Ela não pensara nisso. — Não. Mas não importa. Eu troco um cheque em algum lugar.

Entraram na fila atrás de um homem de negócios britânico, que carregava somente seu passaporte e uma pasta estreita. Christopher inclinou-se para a frente.

— Por favor, será que poderia ajudar-nos?

O homem virou-se e, para sua surpresa, encontrou o rosto de Christopher quase colado ao seu. Christopher usava sua expressão sincera.

— Desculpe, mas estamos com um problema. Minha irmã está voltando para Londres; ela está longe de casa há seis anos e tem muita bagagem de mão; acontece que ela ainda está se recuperando de uma cirurgia séria...

Emma lembrou-se de Ben contar que Christopher jamais dizia uma mentirinha, quando pudesse dizer uma bem grande. Enquanto olhava para ele durante aquela invenção surpreendente, concluiu que ele escolhera a carreira certa. Era um ator maravilhoso.

17

ROSAMUNDE PILCHER

O homem de negócios não pôde apresentar qualquer desculpa, com tal tipo de aproximação.

— Bem, sim, eu acho...

— É muita gentileza de sua parte... — A maleta de lona e a sacola com o pão foram para debaixo de um de seus braços, e a cesta para debaixo do outro, juntamente com a valise. Emma sentiu pena do homem.

— É só até entrarmos no avião... é muita bondade sua... meu irmão não vai comigo, sabe?

A fila avançou e eles alcançaram a alfândega.

— Até logo, Emma querida — disse Christopher.

— Até logo, Christo. — Beijaram-se. Uma mão morena arrancou o passaporte de sua mão, virou rapidamente as páginas, carimbou-o.

— Até logo.

Ficaram separados pela alfândega, pelas formalidades do governo francês, pelos outros viajantes, que avançavam para a plataforma de embarque.

— Até logo.

Ela gostaria que ele tivesse esperado para vê-la entrar com segurança no avião; porém, enquanto Emma acenava, sacudindo o chapéu, ele já se virara e se afastava dela, com a luz brilhando em seus cabelos e as mãos enterradas nos bolsos do casaco de couro.

2

Em Londres, em fevereiro, chovia. A chuva começara a cair às 7:00h e chovera sem cessar desde então. Até as 11:30h, somente poucas pessoas haviam visitado a exposição, e mesmo aquelas poderiam simplesmente ter entrado para fugir da chuva. Largavam suas capas molhadas e seus guarda-chuvas gotejantes, e reclamavam umas com as outras do tempo, mesmo antes de comprar um catálogo

Às 11:30h em ponto, um homem entrou para comprar um quadro. Era americano, estava hospedado no Hilton e pediu para falar com o sr. Bernstein. Peggy, a recepcionista, pegou o cartão que ele apresentou, perguntando delicadamente se ele se importava de esperar um instante, e foi até o escritório para falar com Robert.

— Sr. Morrow, há um americano lá fora, chamado... — olhou para o cartão. — Lowell Cheeke. Ele esteve aqui na semana passada e o sr. Bernstein mostrou-lhe o quadro de Ben Litton, aquele dos alces, achando que iria comprá-lo, mas ele saiu sem se decidir. Disse que queria pensar um pouco antes.

— Você disse a ele que o sr. Bernstein está em Edinburgh?

— Disse, mas ele não pode esperar, porque vai voltar para os Estados Unidos depois de amanhã.

— É melhor eu falar com ele — anuiu Robert.

Levantou-se e, enquanto Peggy abria a porta para

19

convidar o americano a entrar, fez uma limpeza rápida em sua mesa, empilhando algumas cartas, despejando as cinzas na cesta de lixo e empurrando-a com a ponta do sapato para baixo da mesa.

— Sr. Cheeke — Peggy anunciou o visitante, como uma copeira bem treinada.

Robert saiu de trás da mesa para cumprimentá-lo.

— Como vai, sr. Cheeke? Sou Robert Morrow, sócio do sr. Bernstein. Sinto muito, ele está em Edinburgh, mas quem sabe eu posso ajudá-lo...?

Lowell Cheeke era um homem baixo e de aparência imponente, usava uma capa impermeável e um chapéu de aba estreita, ambos muito molhados, indicando não ter vindo de táxi. Começou a tirá-los com a ajuda de Robert, revelando um terno de veludo cotelê azul-marinho e uma camisa de listras finas. Usava óculos sem aros e, por trás deles, seus olhos eram cinzentos e frios, não deixando transparecer qualquer tipo de potencial financeiro ou artístico.

— Muito obrigado... — respondeu. — Que manhã terrível...

— E parece que o tempo não vai melhorar... Aceita um cigarro, sr. Cheeke?

— Não, obrigado, deixei de fumar — falou tossindo como para assegurar-se do que dissera. — Minha mulher me fez parar.

Os dois riram da idiossincrasia feminina. Mas o sorriso não chegou aos olhos do sr. Cheeke, que dirigiu-se para uma cadeira e sentou-se, esfregando os sapatos pretos muito bem engraxados na perna da calça. Já parecia estar se sentindo em casa.

— Estive aqui há uma semana, sr. Morrow, e o sr.

COM TODO AMOR

Bernstein mostrou-me um quadro de Ben Litton; sua recepcionista já deve ter-lhe contado.

— Sim, contou. O quadro dos alces.

— Gostaria de vê-lo novamente, se possível. Volto para os Estados Unidos depois de amanhã e tenho de decidir-me.

— Mas é claro...!

O quadro aguardava a decisão do sr. Cheeke, descansando, como Marcus o deixara, contra a parede do escritório. Robert levou o cavalete acolchoado para o centro do aposento, virou-o para a luz e cuidadosamente levantou o Ben Litton para uma posição mais adequada. Era um quadro grande a óleo, com três alces numa floresta, onde a luz filtrava-se através de galhos ligeiramente sugeridos, e o artista usara uma quantidade de branco que dava à obra uma qualidade etérea. Mas seu aspecto mais interessante estava no fato de que fora pintado, não sobre uma lona esticada como acontece normalmente, e sim sobre juta, e as fibras mais ásperas daquele tecido borraram os traços do pincel, que faziam a pintura parecer ter o aspecto de uma fotografia tirada em grande velocidade.

O americano girou a cadeira em sua direção e dirigiu o raio gelado de seus óculos para a pintura. Robert afastou-se discretamente para o fundo da sala, de forma a não obstruir de maneira alguma a avaliação do sr. Cheeke, e sua visão do quadro ficou obscurecida pela cabeça redonda, de cabelos curtos, de seu cliente em potencial. Pessoalmente, ele gostava do quadro. Não era exatamente um fã de Ben Litton. Julgava sua obra afetada e nem sempre fácil de ser compreendida; um reflexo, talvez, da personalidade do artista; mas aquela repentina impressão silvestre era uma coisa para ser olhada, vivida e da qual nunca se cansava de admirar.

21

O sr. Cheeke levantou-se da cadeira, aproximou-se da pintura, examinou-a detalhadamente, afastou-se mais uma vez e terminou reclinando-se na quina da mesa de Robert.

— Por que pensa, sr. Morrow, que Litton inspirou-se para pintá-lo em estopa? — perguntou sem voltar-se.

A palavra estopa fez com que Robert tivesse vontade de rir. Sentiu vontade de responder irreverentemente: "Provavelmente, ele tinha um saco velho sobrando por perto", mas o sr. Cheeke não tinha o ar de quem pudesse apreciar tal irreverência. Ele estava lá para gastar dinheiro; era um homem de negócios sério. Robert chegou então à conclusão de que ele iria comprar o Litton como um investimento e desejou que sua vontade fosse recompensada.

Então, respondeu: — Não faço a menor idéia, sr. Cheeke, mas isso confere à obra uma qualidade bastante incomum.

O sr. Cheeke girou a cabeça para enviar a Robert um sorriso frio por sobre o ombro.

— O senhor não está tão bem informado sobre alguns aspectos quanto o sr. Bernstein.

— Não — respondeu Robert. — Lamento, mas não estou.

O sr. Cheeke absorveu-se mais uma vez na contemplação do quadro. Estabeleceu-se um silêncio que perdurou por algum tempo. A concentração do próprio Robert começou a fugir. Pequenos ruídos passaram a ser ouvidos. O tique-taque de seu relógio de pulso. Um murmúrio de vozes do outro lado da porta. O rugido trovejante, como o de uma onda gigantesca distante, do trânsito de Piccadilly.

O americano suspirou profundamente. Começou a

COM TODO AMOR

mexer em seus bolsos, um por um, como se procurasse alguma coisa. Um lenço, talvez. Ou algum dinheiro trocado para pagar o táxi que o levaria de volta ao Hilton. Sua atenção foi desviada. Robert não conseguira convencê-lo de que valeria a pena comprar o Litton. Daria qualquer desculpa e iria embora.

Mas o sr. Cheeke simplesmente procurava sua caneta. Quando virou-se novamente, Robert viu que ele estava com o talão de cheques na outra mão.

Quando terminaram de acertar a compra, o sr. Cheeke relaxou. Tornou-se mais humano e até tirou seus óculos, guardando-os num estojo de couro. Aceitou a oferta de uma bebida, e sentou-se com Robert durante algum tempo, com dois cálices de sherry, conversando sobre Marcus Bernstein e Ben Litton, e os dois ou três quadros que comprara em sua última visita a Londres, que formariam juntamente com sua última aquisição o núcleo de uma pequena coleção particular. Robert mencionou a retrospectiva da exposição de Ben Litton que aconteceria em Queenstown, na Virginia, em abril; o sr. Cheeke anotou em sua agenda e então ambos levantaram-se; Robert ajudou o sr. Cheeke a vestir a capa, entregou-lhe o chapéu e apertaram-se as mãos.

— Tive prazer em conhecê-lo, sr. Morrow, e fechar o negócio com o senhor.

— Espero que nos vejamos na próxima vez que vier a Londres.

— Com certeza, farei uma visita ao senhor.

Robert abriu a porta e segurou-a para que o sr. Cheeke passasse, e entraram na galeria. Naquela semana, Bernstein apresentava uma coleção de pinturas de pássaros e animais, feitas por um sul-americano desconhecido com

23

um nome impronunciável, um homem de origens humildes, que, de alguma forma, em determinado momento e inacreditavelmente, aprendera a pintar sozinho. Marcus conhecera-o no ano anterior em Nova York, ficando imediatamente impressionado com seu trabalho e convidando-o a fazer uma exposição em Londres. Naquele momento, seus quadros coloridos desfilavam pelas paredes verde-palha da galeria Bernstein, e, naquela manhã cinzenta, enchiam a sala com o verdor e o brilho do sol de um clima mais salubre. Os críticos adoraram-no. Desde a inauguração da exposição dez dias antes, a galeria nunca ficara vazia, e em 24 horas não havia um quadro que não tivesse sido vendido.

Naquele instante, porém, somente três pessoas encontravam-se na galeria. Uma delas era Peggy, eficiente e discreta, atrás de sua mesa, ocupada com as provas de um novo catálogo. Outra era um homem de chapéu preto, inclinado como um corvo, fazendo uma inspeção lenta do local. A última era uma mocinha, de frente para a porta do escritório, sentada no sofá circular decorado com botões, que se encontrava no meio da sala. Vestia um terninho verde-claro e estava rodeada de bagagem; parecia ter entrado na galeria Bernstein por engano, pensando tratar-se da plataforma de espera de uma estação ferroviária.

Robert, com um autodomínio considerável, conseguiu comportar-se como se ela não estivesse ali. Acompanhou o sr. Cheeke por sobre o carpete espesso em direção à porta principal, com a cabeça inclinada para ouvir melhor os últimos comentários do sr. Cheeke. As portas de vidro abriram-se e fecharam-se novamente atrás deles e os dois foram engolidos pelas sombras daquela manhã triste.

COM TODO AMOR

* * *

Emma Litton perguntou: — Aquele era o sr. Morrow?

Peggy levantou os olhos de seu trabalho e respondeu:
— Exatamente.

Emma não estava acostumada a ser ignorada. Aquele olhar ligeiro fê-la sentir-se desconfortável. Desejou que Marcus não estivesse em Edinburgh. Cruzou as pernas e descruzou-as novamente. Lá de fora veio o som do táxi que partia. Logo em seguida, a porta de vidro abriu-se mais uma vez e Robert Morrow voltou para a galeria. Não fez qualquer comentário, simplesmente colocou as mãos nos bolsos e, calmamente, olhou para Emma e para o caos que a circundava.

Emma constatou que jamais, em sua vida, vira um homem que parecesse menos com um marchand do que ele. Tinha o típico rosto de quem, ainda tonto e barbado, é ajudado a sair de um barco à vela no final de uma viagem de circunavegação feita solitariamente; ou de quem, de óculos escuros, olha para baixo lá do alto de uma montanha antes inconquistada. Mas ali, na atmosfera preciosa e rarefeita da galeria Bernstein, não parecia estar absolutamente em seu lugar. Era muito alto, de ombros largos e pernas enormes; tudo isso acentuado, ainda que de forma incongruente, por seu terno cinza, de caimento impecável. Na juventude, seus cabelos deveriam ter sido vermelhos — mas os anos transformaram-nos num tom de castanho-amarelado e, constrastando, seus olhos pareciam pálidos como o aço. Possuía as maçãs do rosto salientes e um queixo longo e obstinado, e ela se surpreendeu com a descoberta de como aquela coleção de traços tão diferentes poderia

ROSAMUNDE PILCHER

ser muito atraente — mas então lembrou-se de Ben afirmando que o caráter de um homem reside, não em seus olhos, onde as emoções passam e podem sempre ser mascaradas, mas no formato físico de sua boca; e a boca daquele homem era larga, com o lábio inferior proeminente, e parecia naquele momento que tentava controlar a vontade de rir.

O silêncio tornou-se desconfortável. Emma tentou sorrir e disse: — Olá.

Para tentar entender o que se passava, Robert Morrow olhou interrogativamente para Peggy, que respondeu divertida: — Esta jovem quer ver o sr. Bernstein.

— Desculpe, mas ele está em Edinburgh.

— É, eu sei. Já me disseram. Mas eu só queria que ele descontasse um cheque para mim — E Robert ficou mais espantado do que nunca. Emma concluiu, então, que já era hora de explicar. — Sou Emma Litton. Ben Litton é meu pai.

Seu espanto desapareceu. — Mas por que você não disse logo? Sinto muito. Eu não imaginava... — aproximou-se dela. — Como vai?

Emma levantou-se. O chapéu de palha, que estava em seus joelhos, voou para o tapete e lá ficou, aumentando ainda mais a confusão que ela causara àquela sala tão elegante.

Apertaram-se as mãos. — Eu... não havia qualquer motivo para você saber quem eu era. E sinto muito por todas essas coisas, mas é que eu estive longe de casa durante seis anos, e é claro que teria de acumular muitas coisas.

— É, estou vendo.

Emma ficou embaraçada. — Se você puder descontar um cheque para mim, tiro tudo isso da sua frente. Eu só

COM TODO AMOR

quero o suficiente para voltar a Porthkerris. Acontece que esqueci de pegar libras esterlinas quando estava em Paris e meus *traveller's checks* acabaram.

Ele não entendeu. — Mas como você conseguiu chegar até aqui? Do aeroporto, quero dizer.

— Ah... — ela já tinha esquecido. — Ah... havia um homem muito gentil no avião que ajudou-me a carregar minhas coisas para bordo e a tirá-las de novo em Londres, e que me emprestou uma libra. Tenho de devolver. O endereço dele está aqui... em algum lugar. — Procurou vagamente nos bolsos, mas não conseguiu encontrar o cartão do homem. — Bom, não sei onde está, mas guardei em algum lugar. — Sorriu novamente, esperando desarmá-lo.

— E quando é que você vai para Porthkerris?

— Há um trem às 12:30h, acho.

Ele olhou seu relógio de pulso. — Esse você já perdeu. Quando é o próximo?

Emma não soube o que dizer. Peggy entrou na conversa com sua maneira normal, educada e prática. — Acho que há um às 14:30h, sr. Morrow, mas vou verificar.

— Sim, faça isso, Peggy. O das 14:30h estaria bem para você?

— Sim, é claro. Não importa a que horas vou chegar.

— Seu pai está esperando você?

— Bem, eu escrevi uma carta para ele dizendo que viria. Mas isso não significa que ele está me esperando...

Robert sorriu de sua observação. — Sim. Bem... — olhou novamente para o relógio. Eram 12:15h. Peggy já estava ao telefone indagando sobre os horários dos trens. Os olhos dele voltaram-se para aquele turbilhão de valises. Com um leve esforço para melhorar a situação, Emma levantou-se e pegou o chapéu de sol.

27

— Acho que a melhor coisa que podemos fazer é tirar tudo isto do caminho — ele disse. — Vamos empilhar lá no escritório e então... Você já comeu alguma coisa?

— Tomei um café no Le Bourget.

— Se você pegar o trem das 14:30h, terá tempo suficiente de levá-la para almoçar antes de partir.

— Ah, não precisa incomodar-se.

— Não é incômodo nenhum. De qualquer maneira, tenho de comer e você pode muito bem me acompanhar. Vamos agora mesmo.

Ele pegou duas das malas e foi se encaminhando para o escritório. Emma arrebanhou o máximo que podia carregar e seguiu-o. O quadro dos alces ainda estava no cavalete e ela o viu imediatamente. E ficou entretida, olhando-o.

— É um dos quadros de Ben.

— É. Acabei de vender.

— Àquele homenzinho de capa? É bom, não é? — continuou a admirá-lo enquanto Robert carregava o resto de sua bagagem. — Por que ele pintou em estopa?

— Acho melhor você perguntar a ele ao encontrá-lo esta noite.

Ela se virou e sorriu por cima do ombro. — Você acha que ele foi influenciado pela escola japonesa?

— Que pena não ter pensado em dizer isso ao sr. Cheeke — retrucou Robert. — Agora, já está pronta para o almoço?

Ele pegou um enorme guarda-chuva preto de um cabide e, abrindo a porta, afastou-se um pouco para que Emma passasse primeiro e deixaram Peggy tomando conta da "fortaleza", postada numa galeria que voltara novamente à calma e ordem habituais; saíram para a chuva e caminharam juntos sob o guarda-chuva preto, abrindo caminho

28

COM TODO AMOR

entre a multidão que passava na hora do almoço pela rua Kent.

Levou-a ao Marcello's, onde almoçava normalmente se não tivesse de conversar com algum cliente rico e importante. Marcello era o proprietário italiano daquele pequeno restaurante de sobrado, a duas ruas da Bernstein, onde uma mesa estava sempre reservada para Marcus ou Robert, ou para ambos, nas raras ocasiões em que conseguiam almoçar juntos. Era uma mesa modesta, mas, naquele dia, quando Robert e Emma subiram as escadas, Marcello deu uma olhada na moça, com seus longos cabelos pretos e seu terninho verde, e sugeriu que eles poderiam preferir sentar perto da janela.

Robert achou engraçado.

— Quer se sentar perto da janela? — perguntou a Emma.

— Onde você se senta normalmente?

— Ele indicou a mesinha no canto.

— E por que não sentamos lá?

Marcello ficou encantado com ela. Acompanhou-os até a mesa menor, segurou a cadeira de Emma para ela sentar-se, entregou um menu enorme escrito com uma tinta roxa um tanto quanto dúbia para cada um deles e foi buscar duas taças de Tio Pepe, enquanto ambos decidiam o que iriam comer.

Robert então comentou: — Meu cartaz com Marcello deve ter subido muito. Acho que nunca trouxe uma moça para almoçar aqui.

— E quem você traz normalmente?

— Só eu mesmo. Ou Marcus.

— Como está Marcus?... — Sua voz tornou-se um pouco mais quente.

29

— Está bem. Vai lamentar não ter esperado sua chegada.

— A culpa é minha. Devia ter escrito a ele avisando que vinha. Mas como você já deve ter percebido, nós, os Litton, não somos muito bons em deixar as pessoas saberem de alguma coisa.

— Mas você sabia que Ben tinha voltado para Porthkerris.

— É. Marcus escreveu e me contou. E sei tudo sobre a retrospectiva, porque li um artigo sobre ela na *Réalités*. — Ela sorriu obliquamente. — Ser filha de um pai famoso tem algumas compensações. Mesmo que ele não faça qualquer coisa a não ser mandar telegramas, você sempre pode ler a respeito do que está acontecendo com ele em algum jornal.

— Quando foi a última vez que o viu?

— Oh... — Ela encolheu os ombros. — Há dois anos. Eu estava em Florença e ele passou por lá quando ia para o Japão.

— Eu não sabia que se passava por Florença quando se vai ao Japão.

— É o caminho, quando se tem uma filha que mora lá. — Ela colocou os cotovelos sobre a mesa e descansou o queixo nas mãos. — Posso apostar que você nem sabia que Ben tinha uma filha.

— Ora, é claro que sabia.

— Pois eu não sabia sobre você. Quer dizer, eu não sabia que Marcus tinha um sócio. Ele ainda trabalhava sozinho quando Ben foi para o Texas e me despachou para a Suíça.

— Foi mais ou menos nessa época que eu entrei para a Bernstein.

COM TODO AMOR

— Eu... eu nunca conheci alguém que se parecesse tão pouco com um marchand. Do que você, quero dizer.

— Talvez porque eu não seja um marchand.

— Mas... você acabou de vender o quadro do Ben para aquele homem.

— Não — ele corrigiu. — Eu simplesmente recebi o cheque. Marcus já o tinha vendido para ele há uma semana, mas nem o sr. Cheeke percebera isso.

— Mas você deve saber alguma coisa sobre pintura.

— Agora sei. Não se pode trabalhar com Marcus durante todos esses anos sem que se assimile alguma coisa de todo o conhecimento de arte que ele possui. Mas sou basicamente um negociante e foi por isso que Marcus pediu-me para trabalhar com ele.

— Mas Marcus é o marchand mais bem-sucedido que eu conheço.

— Exatamente. Ele está tão bem-sucedido que os negócios da galeria cresceram demais para ele poder cuidar de tudo sozinho.

Emma continuou a observá-lo, com uma ligeira ruga entre suas sobrancelhas bem demarcadas.

— Mais alguma pergunta?

Ela não ficou desconcertada. — Você sempre foi amigo íntimo de Marcus?

— O que quer realmente perguntar é por que ele me levou para a firma? A resposta é: Marcus não é apenas meu sócio, mas também meu cunhado. É casado com a minha irmã mais velha.

— Você quer dizer que Helen Bernstein é sua irmã?

— Você se lembra da Helen?

— Mas é claro. E do pequeno David. Como eles estão? Dê-lhes minhas lembranças, está bem? Você sabe que eu

31

costumava ficar com eles quando Ben vinha para Londres e não havia mais ninguém com quem me deixar em Porthkerris? E quando fui para a Suíça, foram Marcus e Helen que me puseram no avião, porque Ben já tinha ido para o Texas. Você vai contar a Helen que eu voltei e que você me pagou o almoço?

— Sim, é claro que vou.

— Eles ainda têm aquele pequeno apartamento na Brompton Road?

— Não; na verdade, quando meu pai morreu, eles foram morar comigo. Vivemos todos na antiga casa de nossa família, em Kensington.

— Quer dizer que moram todos juntos?

—Juntos e separados: Marcus, Helen e David moram nos dois primeiros andares, a antiga governanta do meu pai mora no porão e eu estou empoleirado no sótão.

— Você não é casado?

Por um instante, ele pareceu embaraçado. —Não, não sou não.

— Eu estava certa de que era casado. Você tem o ar de homem casado.

— Não sei exatamente como receber isso.

— Oh, eu não quis dizer de maneira depreciativa, absolutamente. Na verdade, é um cumprimento. Eu gostaria muito que Ben tivesse esse ar. Isso teria tornado a vida muito mais fácil para todos os envolvidos. Especialmente eu.

— Você não quer voltar a viver de novo com ele?

— Sim, é claro que quero, mais do que tudo na vida. Mas não quero que seja um fracasso. Eu nunca fui muito boa para lidar com Ben e acho que não devo ter melhorado.

— Então, por que vai fazer isso?

— Bom... — Sob o olhar cinzento e frio de Robert

32

COM TODO AMOR

Morrow, era difícil ser coerente. Ela pegou um garfo e começou a fazer desenhos na toalha de damasco branca. — Não sei. A gente só tem uma família. Se as pessoas fazem parte dela, devem pelo menos conseguir viver juntas. Quero ter alguma coisa de que me lembrar. Quando for velha, quero poder lembrar-me de que uma vez, mesmo que tenha sido somente durante algumas semanas, meu pai e eu conseguimos ter uma espécie de vida juntos. Isso parece loucura?

—Não, não parece loucura, mas parece que você pode ficar desapontada.

— Já aprendi tudo sobre como ficar desapontada quando ainda era bem pequena. É um luxo ao qual não posso me dar. Além disso, só pretendo ficar até ele compreender dolorosamente que não podemos mesmo agüentar a companhia um do outro.

Emma levantou a cabeça e por seus olhos passou subitamente um raio azul de fúria. Naquele instante, era uma cópia fiel do pai nos momentos em que ficava mais inescrupuloso, quando não havia resposta cruel ou cortante demais a ser dada. Mas sua raiva não provocou qualquer reação e, depois de uma pausa gelada, ela olhou para baixo novamente, e continuou a desenhar na toalha da mesa, comentando apenas: — Tudo bem. Até lá, então.

A pequena tensão foi quebrada pela volta de Marcello, que trouxe o *sherry* e esperou pelo pedido. Emma escolheu uma dúzia de ostras e frango frito; Robert, mais comedido, pediu um *consommé* e um bife. Então, aproveitando-se da interrupção, mudou taticamente de assunto.

— Fale-me sobre Paris. Como ela está agora?

—Molhada. Molhada, fria e ensolarada, tudo ao mesmo tempo. Isto transmite alguma coisa a você?

33

— Tudo.

— Você conhece Paris?

— Vou sempre lá a negócios. Estive em Paris no mês passado.

— A negócios?

— Não, quando voltava da Áustria. Passei três semanas maravilhosas, esquiando.

— Onde esteve?

— Obergurgl.

— Então é por isso que está tão moreno. Esse é um dos motivos de não se parecer com um marchand.

— Talvez quando o bronzeado desaparecer eu pareça mais autêntico e possa pedir preços mais altos. Quanto tempo você ficou em Paris?

— Dois anos. Vou sentir saudades. A cidade é tão linda e, além disso, agora todos os prédios foram limpos. E não sei exatamente por quê, mas nesta época do ano existe aquela sensação especial em Paris. O inverno está quase terminando, só falta um dia ou dois para a chegada do sol e vai ser primavera de novo...

E os brotos florescem, e ouvem-se os gritos das gaivotas, planando sobre as águas de cor sépia do Sena. E as barcaças, amarradas como colares, escorregando por sob as pontes, e o cheiro do metrô, e de alho, e de Gauloises. E estar com Christopher.

De repente, tornou-se importante falar o nome dele, pronunciar seu nome, reafirmar-se de sua existência. Então falou, casualmente: — Você não chegou a conhecer Hester, não é? Minha madrasta? Pelo menos por 18 meses ela foi minha madrasta.

— Ouvi falar dela.

— E sobre Christopher? O filho dela? Ouviu falar tam-

COM TODO AMOR

bém do Christopher? Porque, por acaso, Christopher e eu nos encontramos de novo em Paris. Há dois dias. E esta manhã ele acompanhou-me até Le Bourget.

— Quer dizer que... esbarraram-se no meio da rua?

— É, foi isso mesmo. Numa padaria. Essas coisas só acontecem em Paris.

— O que ele estava fazendo lá?

— Passando o tempo. Ele esteve em St. Tropez, mas vai voltar para a Inglaterra em março para trabalhar em um teatro de repertório.

— Ele é ator?

— É. Não sabia? Só que há uma coisa... não vou contar para o Ben. Sabe? Meu pai nunca gostou do Christopher e não creio que Christopher tenha morrido de amores por ele. Para ser honesta, acho que um tinha ciúme do outro. Mas havia também outras coisas, e Ben e Hester não eram exatamente a companhia perfeita um para o outro. Não quero começar tendo uma discussão com Ben por causa do Christopher, por isso não vou contar nada. Pelo menos, imediatamente.

— Entendo.

Emma suspirou. — Você está com uma expressão reprovadora. É claro que pensa que estou sendo falsa.

— Não pensei nada parecido.

Quando terminaram de almoçar e tomar café, e Robert de pagar a conta, já eram 13:30h. Levantaram-se da mesa, despediram-se de Marcello, recolheram o grande guarda-chuva preto e desceram as escadas. Voltaram para a galeria Bernstein e Robert pediu ao porteiro para pegar um táxi para Emma.

— Eu a acompanharia e a colocaria no trem, mas Peggy precisa sair para almoçar.

35

— Não é preciso.

Ele levou-a para o escritório e abriu o cofre.

— Vinte libras serão suficientes?

Ela já esquecera por que fora à galeria. — O quê? Ah, sim, é claro... — Começou a procurar seu talão de cheques, mas Robert impediu-a.

— Não é preciso. Seu pai tem algum dinheiro guardado conosco. Ele sempre fica sem dinheiro trocado quando está em Londres. Vamos colocar suas vinte libras nessa conta.

— Bom, se acha melhor...

— Claro que acho melhor. E... Emma, há mais uma coisa. O homem que lhe emprestou a libra. Você tem o endereço dele em algum lugar. Se o encontrar e me der agora, faço com que ele receba seu dinheiro de volta.

Emma achou engraçado. Procurou o cartão, encontrando-o finalmente misturado com um bilhete de ônibus e uma caixa de fósforos, e começou a rir. Quando Robert perguntou-lhe o que havia de tão engraçado, ela retrucou simplesmente:

— Como você conhece bem o meu pai!

3

Parou de chover na hora do chá. Produziu-se uma mudança sutil na atmosfera, sentia-se uma leveza, uma frescura no ar. Um raio errante de sol chegou mesmo a encontrar seu caminho para entrar na galeria, e, às 17:30h, quando Robert fechou o escritório e saiu para a rua a fim de juntar-se à torrente humana que se dirigia para suas casas na hora do *rush*, descobriu que uma brisa ligeira levara as nuvens embora, deixando a cidade brilhante sob um céu de um azul-pálido e macio.

Ele não conseguiria suportar entrar naquele tubo subterrâneo sufocante — que era o metrô — e por isso caminhou até Knightsbridge, entrou num ônibus, no qual percorreu o resto do caminho até em casa.

Sua casa, em Milton Gardens, ficava separada da artéria agitada de Kensington High Street por um labirinto de pequenas ruas e praças, um agradável bairro em miniatura, com casas vitorianas, pintadas de creme, com portas coloridas e jardinzinhos, cujos botões de lilases e magnólias floresciam no verão. As ruas possuíam pavimentos largos, onde as babás empurravam seus carrinhos, crianças bem vestidas caminhavam para suas escolas caras e os cachorros eram rigorosamente exercitados. Depois disso, Milton Gardens surgia como uma decepção. Era uma espécie de terraço coberto de casas grandes e desajeitadas, e a casa de número 23 — a casa central que coroava o frontão triangular do terraço — geralmente parecendo a mais desajeitada — era a de Robert. Sua porta era preta, com dois vasos de loureiros secos e uma caixa de cartas de cobre que Helen sempre tencionava polir, mas que geralmente esquecia-se de fazê-lo. Os carros da família encontravam-se estacionados no final da calçada — um grande Alvis *coupé* verde-escuro que era de Robert, e um Mini vermelho todo empoeirado, pertencente a Helen. Marcus não possuía carro porque não tivera tempo de aprender a dirigir.

Robert subiu os degraus, procurando no bolso seu chaveiro, e entrou. O *hall* era largo e espaçoso, e uma escada surpreendentemente ampla e de degraus estreitos curvava-se para o primeiro andar. Além da escadaria, o *hall* continuava numa passagem estreita, que levava a uma porta envidraçada e a um jardim. Essa vista surpreendente, de um gramado distante e de amendoeiras banhadas pelo sol, dava a impressão imediata de se estar no campo, e era um dos aspectos mais encantadores da casa.

A porta da frente fechou-se às suas costas. Da cozinha, sua irmã Helen chamou seu nome.

— Robert.

— Olá.

Jogou o chapéu sobre a mesa do *hall* e entrou pela porta que ficava à direita. Aquela sala que dava para a rua, fora, no passado, a sala de jantar da família, mas quando o pai de Robert morrera, e Marcus, Helen e David mudaram-se para lá, Helen convertera-a numa copa-cozinha, com uma mesa rústica limpíssima e um armário de pinho abarrotado de louça pintada, finalizada com um balcão, tipo um bar, atrás do qual ela trabalhava. Havia ainda um grande número de vasos de plantas, gerânios solitários, ervas e jarros com bulbos. Résteas de cebola e cestos de mercado estavam pendurados

38

COM TODO AMOR

em ganchos, e via-se ainda livros de receitas, fileiras de colheres de pau e a alegria dos tapetes e almofadas.

Naquele momento, Helen estava atrás do balcão, com um avental de açougueiro azul e branco, descascando cogumelos. O ar recendia a odores deliciosos — de assados, limões, manteiga quente e uma ligeira sugestão de alho. Era uma cozinheira excepcional.

—Marcus ligou de Edinburgh —ela informou. —Vai voltar para casa esta noite. Você sabia?

— A que horas?

— Há um avião às 17:15h. Ia tentar conseguir lugar nele. Esse chega no aeroporto às 19:30h.

Robert puxou um banquinho alto até o balcão e sentou-se nele, como se estivesse num bar.

— Ele quer ser apanhado no aeroporto?

—Não. Ele vai pegar o ônibus. Pensei que um de nós poderia buscá-lo. Você vai jantar aqui hoje ou não?

— O cheiro está tão bom que acho que vou ficar.

Ela sorriu. Vendo-se os dois assim, um de frente para o outro através do bar, notava-se perfeitamente a semelhança familiar. Helen era uma mulher corpulenta, alta e de ossatura pesada, mas, quando sorria, seus olhos iluminavam-se como os de uma menina. Os cabelos, avermelhados como os de Robert, mas suavizados com alguns fios cinza, ela os usava presos num coque, revelando as orelhas pequenas e inesperadamente bem-feitas. Orgulhava-se de suas lindas orelhas e usava sempre brincos. Tinha uma caixa cheia deles na gaveta da penteadeira, e quando uma pessoa não sabia o que lhe dar de presente, podia simplesmente comprar-lhe um par de brincos. Os daquela noite eram verdes, com uma espécie de pedra semipreciosa, pousada numa corda estreita

39

de ouro tecido, e sua cor ressaltava os salpicos verdes de seus olhos de cor indeterminada.

Estava com 42 anos, seis anos mais velha do que Robert, e era casada com Marcus Bernstein há dez anos. Antes disso, trabalhara para ele como secretária, recepcionista, bibliotecária, e — em certas ocasiões, quando as finanças andavam oscilantes — também como faxineira; devido muitíssimo a seus esforços e fé em Marcus que a galeria sobrevivera não só a suas dificuldades iniciais, como também crescera até alcançar a reputação internacional de que gozava atualmente.

— Marcus lhe falou... como estão as coisas...? — Robert perguntou.

— Não muito, não houve tempo. Mas o velho Lorde de Glens, seja ele quem for, tem três Raeburns, um Conde e um Turner. Acho que isso deve dar-lhe motivo para pensar.

— E ele quer vendê-los?

— Parece que sim. Ele diz que ao preço que está o uísque, não pode mais dar-se ao luxo de deixá-los pendurados na parede. Mas nós saberemos de tudo quando Marcus voltar. E quanto a você... o que andou fazendo hoje?

— Nada demais. Um americano chamado Lowell Cheeke apareceu e deu um cheque para um Ben Litton...

— Que ótimo...

— E... — observou o rosto da irmã... — Emma Litton voltou.

Helen começara a picar os cogumelos. Repentinamente, levantou os olhos e suas mãos pararam o que estavam fazendo.

— Emma. Está falando da Emma do Ben?

— Voltou de Paris hoje. Foi à galeria para pegar algum dinheiro para chegar a Porthkerris.

40

COM TODO AMOR

— Marcus sabe que ela está voltando?

— Não, acho que não. Creio que ela não escreveu para ninguém além do pai.

— E é claro que Ben não diria uma palavra — Helen fez uma expressão exasperada. — Às vezes, acho que poderia estrangular aquele homem.

Robert divertia-se. — O que você teria feito se soubesse que ela estava vindo?

— Ora, iria buscá-la no aeroporto. Ofereceria um almoço para ela. Qualquer coisa.

— Se isto a deixa mais tranqüila, eu a levei para almoçar.

— Que bom para você — fatiou outro cogumelo, pensando. De repente, perguntou: — Qual a aparência dela agora?

— Atraente, de uma maneira muito incomum.

— Incomum — Helen repetiu secamente. — Chamá-la de incomum é o mesmo que não dizer nada que eu já não saiba.

Robert pegou uma fatia de cogumelo cru e comeu-a, para experimentar. — Você sabe a respeito da mãe dela?

— Claro que sei. — Helen recolheu os cogumelos, colocando-os longe do alcance dele, levou-os para o fogão, onde chiava uma panela com manteiga derretida. Com outro movimento rápido, mergulhou os cogumelos na manteiga; ouviram os ruídos suaves de fritura e sentiram um aroma maravilhoso. Ela continuou mexendo os cogumelos com uma espátula de madeira, com seu perfil forte virado para ele.

— Quem era ela?

— Uma jovem estudante de arte, com a metade da idade do Ben. Era muito bonita.

— Ele casou-se com ela?

41

— Sim, casou. E acho que, ao modo dele, gostava muito dela. Mas ela não passava de uma criança.

— Ela o deixou?

— Não, ela morreu, durante o parto de Emma.

— E depois, mais tarde, ele se casou com alguém chamado Hester.

Helen virou-se para olhá-lo, estreitando os olhos. — Como soube disso?

— Emma contou-me hoje durante o almoço.

— Bom, eu nunca comentei! Sim, Hester Ferris. Isso foi há séculos.

— Mas havia um rapaz, um filho, chamado Christopher?

— Não me diga que ele apareceu novamente.

— Por que parece tão alarmada?

— Você também ficaria se tivesse assistido àqueles 18 meses em que Ben Litton foi casado com Hester...

— Conte-me.

— Aqueles anos foram como que um crime. Contra o Marcus, contra o Ben... suponho que contra Hester, e com certeza contra mim. Quando Marcus não era obrigado a servir de juiz em qualquer briguinha doméstica, estava sendo coberto pelas continhas ridículas que Hester afirmava que Ben se recusava a pagar. Depois... você sabe da fobia que Ben tem por telefones, Hester mandou colocar um na casa deles e Ben arrancou-o da parede pelo fio. Então, Ben teve uma espécie de bloqueio mental e não conseguia mais trabalhar, e passava todo o tempo no bar local. E Hester chamava Marcus, dizendo que ele era a única pessoa que conseguia lidar com Ben e coisa e tal. E Marcus envelhecia, visivelmente, diante de meus olhos. Dá para acreditar nisso?

— Dá. Só não sei o que isso tem a ver com o rapaz.

COM TODO AMOR

— O rapaz foi um dos pomos da discórdia. Ben não conseguia suportá-lo.

— Emma disse que ele sentia ciúme.

— Ela disse isso? Emma sempre foi uma criança muito perceptiva. Ben sentia ciúme de Christopher, mas Christopher era um demônio — tirou a panela com cogumelos do fogo e voltou a apoiar os cotovelos no balcão. — O que mais Emma disse sobre Christopher?

— Apenas que eles se encontraram em Paris.

— O que ele estava fazendo lá?

— Não sei. Acho que passando umas férias. Ele é ator. Você sabia disso?

— Não, mas posso muito bem acreditar. Ela parecia estar muito deslumbrada com ele?

— Acho que sim. A menos que fosse pela idéia de voltar a viver com o pai.

— Essa seria a última coisa do mundo com que deveria estar deslumbrada.

— Sei disso. Mas quando tentei lhe dizer, ela quase arrancou minha cabeça a dentadas.

— É, acho que faria isso mesmo. Eles são tão leais um ao outro quanto ladrões — deu uma palmadinha em sua mão. — Não se envolva, Robert; eu não agüentaria a pressão.

— Não estou me envolvendo, só estou intrigado.

— Pois para a sua própria paz de espírito, aceite meu conselho e deixe as coisas como estão. Ah, e já que estamos falando de envolvimentos, Jane Marshall ligou na hora do almoço. Pediu para você lhe telefonar assim que chegasse.

— O que ela queria, você sabe?

— Não sei. Só disse que estaria em casa a qualquer hora depois das 18:00h. Não vai esquecer, vai?

43

ROSAMUNDE PILCHER

— Não, não vou esquecer. Mas não se esqueça, você também, de que Jane não é um envolvimento.

—Eu nem consigo imaginar o que você está querendo mais — replicou Helen, que não se dava ao trabalho de medir as palavras, pelo menos com seu irmão. — Ela é encantadora, atraente e eficiente.

Robert não fez qualquer comentário, e Helen, exasperada com seu silêncio, continuou, justificando-se. — Vocês têm tudo em comum: interesses, amigos e modo de vida. Além disso, um homem de sua idade devia estar casado. Não há nada mais patético do que um solteirão.

Parou de falar. Houve uma pausa e Robert perguntou delicadamente: — Você já terminou?

Helen suspirou profundamente. Era um caso sem esperança. Ela sabia, sempre soubera, que não havia palavras que pudessem levar Robert a tomar uma atitude que não fosse de sua própria escolha. Ele nunca fora convencido a fazer qualquer coisa na vida. Sua explosão fora uma perda de tempo e ela já se lamentava do que dissera.

—Sim, é claro que terminei. E peço desculpas. Não é da minha conta e não tenho o direito de interferir. Só que gosto da Jane e queria que vocês fossem felizes. Não sei, Robert, não consigo imaginar o que você está procurando.

— Eu também não sei — respondeu Robert. Sorriu para a irmã, passando a mão pelos cabelos e depois pela nuca, um gesto familiar que fazia quando estava confuso ou cansado. — Mas acho que tem algo a ver com o que existe entre você e o Marcus.

—Eu só espero que você descubra antes de cair morto de velho.

Ele deixou-a com a sua cozinha, pegou o chapéu, o jornal da tarde e um punhado de cartas, e subiu para o seu

COM TODO AMOR

cômodo. A saleta, que dava para o grande jardim e o castanheiro, fora o quarto das crianças no passado. Tinha o teto baixo, era acarpetado, cheio de livros e mobiliado com todas as coisas de seu pai que conseguira levar para o andar de cima. Deixou o chapéu, o jornal e as cartas sobre uma cadeira, dirigiu-se para a cristaleira antiga onde guardava suas bebidas e serviu-se de um uísque com soda. Tirou depois um cigarro da cigarreira que se encontrava sobre a mesinha de café, acendeu-o e, sacudindo seu copo, sentou-se à escrivaninha, para pegar o telefone e discar o número de Jane Marshall.

Ela levou algum tempo para atender. Enquanto esperava, rabiscou o mata-borrão com o lápis, deu uma olhada no relógio de pulso e decidiu tomar um banho e mudar de roupa antes de pegar Marcus no terminal de Cromwell Road. E como uma oferta de paz, levaria uma garrafa de vinho para Helen, que os três tomariam durante o jantar, sentados à mesa limpíssima da cozinha da irmã, e fatalmente conversariam sobre compras. Descobriu que estava muito cansado e a perspectiva de tal noite foi reconfortante.

O tinir do telefone parou e uma voz fria atendeu: — Jane Marshall falando.

Ela sempre atendera o telefone dessa maneira, e Robert continuava julgando aquilo muito impessoal, apesar de conhecer o motivo. Jane, aos 26 anos, com um casamento fracassado e um divórcio, fora obrigada a começar a ganhar a própria vida, terminando com uma modesta empresa de decoração de interiores, que dirigia em sua própria casa. Então, um único número de telefone tinha de servir a dois propósitos e ela decidira há muito tempo que seria mais prudente tratar um telefonema como um negócio em potencial até que fosse provado tratar-se de

45

outra coisa. Explicara isso a Robert, quando este queixara-se de sua maneira gelada.

"Você não compreende. Pode ser um cliente ligando. O que ele vai pensar se eu atender com uma voz doce e sensual?"

"Não precisa ser sensual. Só simpática e agradável. Por que não experimenta? Vai estar arrancando papéis de parede, colocando cortinas e acolchoados antes que perceba onde está."

"Isso é o que você pensa. É mais provável estar me defendendo do cliente com uma agulha de tapeçaria."

— Jane...? — Robert disse.

— Oh, Robert, é você? — Sua voz voltou ao normal, quente e obviamente feliz por ouvi-lo. — Desculpe, Helen lhe deu o meu recado?

— Apenas disse para eu telefonar.

— Eu estava pensando... ganhei duas entradas para o balé, na sexta-feira. É *La Fille Mal Gardée* e pensei que talvez você gostasse de ir. A não ser que vá viajar ou fazer outra coisa.

Robert olhou para a mão, desenhando caixas, em perspectiva perfeita, no mata-borrão. Ouviu a voz de Helen. "Vocês têm tudo em comum. Interesses, amigos, modo de vida."

— Robert?

— Ah, sim. Desculpe. Não, não vou viajar. Adoraria ir com você.

— Poderemos jantar aqui antes.

— Não, vamos jantar fora. Eu reservo uma mesa.

— Que bom que você pode ir. — Ele sabia que ela estava sorrindo.

— Marcus já voltou?

— Não, vou encontrar-me com ele agora.

COM TODO AMOR

— Dê lembranças minhas a ele e a Helen.

— Pode deixar.

— Então vejo você na sexta-feira. Até logo.

— Até logo, Jane.

Depois de recolocar o fone no gancho, não levantou da escrivaninha, continuou sentado lá, com o queixo na mão, dando os últimos retoques na última caixa. Quando estava terminada, largou o lápis e pegou o copo. Sentou-se, olhando para o que desenhara, e perguntou-se por que aquilo o faria pensar numa longa fila de malas.

Marcus Bernstein saiu pela porta envidraçada do prédio do terminal, parecendo, como sempre, um refugiado ou um músico de rua. O casaco estava amarrotado, o chapéu preto e fora de moda tinha a aba levantada na frente, seu rosto longo e enrugado estava pálido, e parecia cansado. Levava na mão sua pasta abarrotada de papéis, mas a maleta viera do aeroporto no porta-malas do ônibus e, quando Robert encontrou-o, estava parado pacientemente, junto à passarela circular, esperando a chegada da mesma.

Conseguia parecer humilde e desalentado ao mesmo tempo, e alguém que passasse por ele por acaso teria julgado ser difícil acreditar que aquele homem modesto e apagado pudesse ser, na realidade, uma influência poderosa no mundo das artes dos dois lados do Atlântico. Austríaco, saíra de sua Viena natal em 1937, e, depois dos horrores de uma guerra que lhe era estranha, surgira no mundo das artes de pós-guerra como uma chama brilhante. Seu grande conhecimento e percepção chamaram rapidamente a atenção de todos, e o cuidado com que tratava os artistas jovens foi um exemplo que os outros *marchands* resolveram rapidamente

47

seguir. Mas seu verdadeiro grande impacto sobre o público aconteceu em 1949, quando abriu sua própria galeria em Kent Street, com uma exposição de abstratos de Ben Litton. Ben, já famoso por suas paisagens e retratos de antes da guerra, já passara há algum tempo para essa nova fase, e a exposição de 1949 foi o início de uma amizade misturada aos negócios, que sobrevivera a todas as tempestades e brigas, e que também marcou o fim da luta inicial de Marcus e o início de uma longa e lenta escalada ao sucesso.

— Marcus!

Este deu um passo, virou-se e, quando viu Robert vindo em sua direção, pareceu surpreso, como se não esperasse que alguém viesse buscá-lo.

— Olá, Robert. Quanta gentileza sua.

Depois de trinta anos na Inglaterra, seu sotaque ainda era fortemente marcado, mas Robert já não o percebia.

— Eu teria ido ao aeroporto, mas não tínhamos certeza de você ter conseguido pegar aquele avião. Fez uma boa viagem?

— Estava nevando em Edinburgh.

— Aqui choveu o dia inteiro. Olha, lá está a sua mala.
— Pescou-a da esteira rolante. — Agora podemos ir...

No carro, enquanto aguardava que o sinal da Cromwell Road abrisse, contou a Marcus que o sr. Lowell Cheeke voltara à galeria Bernstein para comprar o Litton dos alces. Marcus respondeu à notícia com um muchocho, dando a impressão de que sabia o tempo todo que aquela venda era simplesmente uma questão de tempo. As luzes mudaram de vermelho para amarelo e depois para o verde, o carro avançou e Robert falou:

— E Emma Litton voltou de Paris. Chegou hoje de manhã. Não tinha uma libra esterlina e foi à galeria para que eu

48

COM TODO AMOR

lhe descontasse um cheque. Levei-a para almoçar, dei-lhe vinte libras e providenciei para que continuasse sua viagem.

— E ela ia para onde?

— Para Porthkerris, encontrar-se com Ben.

— Então ele deve estar lá.

— Ela pareceu pensar que estaria. Por enquanto, pelo menos.

— Pobre criança — murmurou Marcus.

Robert não disse nada e continuaram sua viagem para casa em silêncio, cada um com seus próprios pensamentos. Já em Milton Gardens, Marcus saiu do carro e subiu os degraus, procurando seu chaveiro, mas antes que o deixasse cair no chão, a porta foi aberta por Helen. De fora, via-se a silhueta de Marcus, com seu casaco amarrotado e seu chapéu cômico, contra a luz do *hall*.

— Mas que bom! — ela saudou, e como ele era muito mais baixo do que ela, abaixou-se para abraçá-lo, enquanto Robert, tirando a maleta de Marcus da mala do Alvis, tentava descobrir por que eles nunca pareciam ridículos.

Parecia já estar escuro há muito tempo. Mas quando o expresso de Londres chegou ao entroncamento onde Emma deveria trocar de trem para Porthkerris e ela desceu, descobriu que ainda não estava totalmente escuro. O céu brilhava com as estrelas e a noite chegara com um vento açoitante que cheirava a mar. Quando tirou sua bagagem, ficou esperando na plataforma que o expresso partisse. Acima dela, as folhas recortadas de uma palmeira zumbiam inesperadamente com aquele vento agitado.

O trem moveu-se e ela viu o único carregador na plataforma oposta, ocupado preguiçosamente com um carri-

49

nho cheio de embrulhos, que falou, por cima dos trilhos:

— Quer uma ajuda, não é?

— Sim, por favor.

Ele saltou sobre os trilhos, caminhou para o lado em que ela se encontrava e não se sabe como, conseguiu juntar todas as suas coisas e pegá-las com os dois braços. Emma seguiu-o através dos trilhos e ele lhe deu a mão para ajudá-la a subir na outra plataforma.

— Para onde a senhorita vai?

— Porthkerris.

— Vai tomar o trem?

— Vou.

O trenzinho esperava nos trilhos de mão única, que percorriam em torno da costa até chegar a Porthkerris. Parecia que Emma era a única passageira. Agradeceu ao carregador, deu-lhe uma gorjeta e despencou sobre um banco. A exaustão a consumia. Depois de algum tempo, entrou uma camponesa com um chapéu marrom que parecia uma panela. Devia ter estado nas compras, porque carregava uma sacola de couro quase estourando. Os minutos passavam e o único ruído era o do vento fustigando as janelas fechadas do trem. Finalmente, a máquina deu um apito único e partiram.

Seria impossível não sentir-se emocionada, quando as placas familiares que surgiam na escuridão eram reconhecidas e depois ficavam para trás. Só havia duas pequenas paradas antes de Porthkerris e então surgia o esperado atalho íngreme, que na primavera ficava acolchoado de flores, depois vinha o túnel e depois o mar, abaixo deles, escuro como tinta, com a maré baixa e as areias molhadas parecendo de cetim. Porthkerris era um ninho de luzes, a curva do porto parecendo o fio de um colar, e as luzes dos barcos

COM TODO AMOR

de pesca deslizando refletiam-se como que em uma bacia de brilhantes águas negras e douradas.

Começaram a perder velocidade. A plataforma desfilava a seu lado. O nome "Porthkerris" ficou para trás. Finalmente, pararam diante de uma placa de metal brilhante que anunciava uma marca de graxa de sapatos, naquele mesmo lugar desde quando Emma se lembrava por gente. Sua companheira, que não falara uma única palavra durante toda a viagem, levantou-se, abriu a porta e saiu vagarosamente, desaparecendo na noite. Emma ficou parada na porta aberta, procurando um carregador, mas a única pessoa à vista era um oficial na outra extremidade do trem, gritando desnecessariamente "Porthkerris! Porthkerris!" Viu-o parar para conversar com o maquinista, empurrando o boné para longe dos olhos, com as mãos nos quadris. Havia um carrinho vazio ao lado do anúncio de graxa, onde ela colocou sua bagagem e deixou-a lá, levando somente uma pequena frasqueira. Avançou pela plataforma. No escritório do chefe da estação, as luzes estavam acesas, seu brilho deixando manchas amarelas e quentes na estação; na plataforma, havia um homem sentado num banco, lendo um jornal. Emma passou por ele, os passos rangendo nas pedras; então o homem abaixou o jornal e disse seu nome.

Emma parou e girou lentamente para olhá-lo. Ele dobrou o jornal e levantou-se, e a luz parecia transformar seus cabelos brancos em um halo.

— Pensei que nunca mais fosse chegar.

— Olá, Ben — cumprimentou Emma.

— O trem está atrasado ou eu entendi o horário errado?

— Acho que não saímos atrasados. Talvez o trem tenha demorado um pouco mais a partir da baldeação. Parece que ficamos esperando lá por muito tempo. Como soube do trem em que eu estaria?

— Recebi um telegrama da Bernstein.

"Robert Morrow", pensou Emma. "Que gentil".

Ben olhou para sua frasqueira. — Você não trouxe muita bagagem.

— Tenho um carrinho cheio lá no final da plataforma.

Virou-se para olhar vagamente na direção em que Emma indicara.

— Não se preocupe. Nós buscamos em uma outra hora. Anda, vamos voltar logo.

— Mas alguém pode roubar — Emma protestou. — Ou pode chover. É melhor avisarmos o carregador.

Nesse momento, o carregador já terminara sua conversa social com o maquinista. Ben chamou-o e falou sobre a bagagem de Emma.

— Guarde-a em algum lugar, por favor; nós viremos buscar amanhã. — Deu cinco *shillings* para ele.

O carregador respondeu: —Sim, sr. Litton, pode deixar que eu cuido de tudo — e seguiu pela plataforma, assobiando, enquanto guardava o dinheiro no bolso do colete.

— Bom — falou Ben novamente — o que estamos esperando? Vamos logo para casa.

Não havia a menor sugestão de um carro ou táxi, eles simplesmente iriam para casa a pé. Seguiram por uma série de atalhos estreitos, ladeiras íngremes de pedra, minúsculas vielas enlameadas, sempre descendo a colina, até finalmente chegarem à estrada do porto bem iluminada.

Emma caminhava com dificuldade ao lado do pai, ainda carregando sua frasqueira que nem ele pensara em levar para ela, e deu uma longa olhada de soslaio para Ben. Era a primeira vez que o via em quase dois anos e concluiu que

COM TODO AMOR

nenhum homem mudara tão pouco quanto ele. Não estava nem mais gordo, nem mais magro. Seu cabelo, que Emma lembrava-se a vida toda ter sido branco como a neve, nem estava mais ralo, nem mostrava entradas. O rosto, exposto durante anos ao tempo, pois ele trabalhava sob o sol, ao ar livre, perto do mar, era de um bronzeado escuro e riscado por linhas finas que jamais poderiam ser descritas com uma palavra tão prosaica quanto rugas. Emma herdara dele a ossatura forte do rosto e o queixo quadrado, mas os olhos claros devem ter vindo da mãe, pois os de Ben eram profundos e encimados por sobrancelhas espessas e de um castanho tão intenso que, sob determinadas luzes, pareciam negros.

Até suas roupas não pareciam ter mudado. A jaqueta de veludo amarrotada, as calças apertadas, os sapatos de camurça, imensamente elegantes e antigos, não poderiam ter pertencido a mais ninguém. Naquela noite, a camisa era de lã amarela e o lenço, de algodão escocês, fazia o papel de gravata. Ele jamais possuíra um colete.

Foram ao *pub* que ele freqüentava, o Sliding Tackle, e Emma esperou que ele a convidasse para entrar e tomar uma bebida. Não que ela realmente a quisesse, mas estava com uma fome arrasadora. Perguntou-se se haveria algum alimento na casa dele. Perguntou-se também se iriam para a casa dele. Entre as várias possibilidades existentes, havia inclusive a de que Ben estivesse vivendo em seu estúdio e que esperava que Emma pudesse ficar lá com ele.

Ela falou, na tentativa de descobrir. — Eu nem sei para onde vamos.

— Para o chalé, é claro. Para onde imaginou que fôssemos?

53

— Eu não sabia. — Passaram imunes pelo *pub*. — Pensei que você talvez estivesse vivendo no estúdio.

— Não, eu andei ficando no Sliding Tackle. Esta é a primeira vez em que estou no chalé.

— Oh — respondeu Emma, melancolicamente.

Ele percebeu o significado da inflexão de sua voz e garantiu: — Está tudo arrumado. Quando souberam no Sliding Tackle que você ia chegar, houve a decisão unânime de todas as senhoras ansiosas para arrumar a casa para você. No final, foi a mulher de Daniel que resolveu tudo para mim. — Daniel era o *barman*. — Ela parecia pensar que, depois de todos estes anos, tudo deveria estar coberto de mofo como um queijo Gorgonzola.

— E estava?

— Não, claro que não estava. Creio que tinha algumas teias de aranha, mas estava perfeitamente habitável.

— Ela foi muito gentil… preciso lhe agradecer.

— É, ela gostaria muito.

A estrada de cascalhos formava uma ladeira íngreme, afastando-se do cais. As pernas cansadas de Emma doíam. De repente, e sem qualquer explicação, Ben tirou a maleta de sua mão.

— Mas que droga você tem aqui dentro?

— Uma escova de dentes.

— Que pesa como se fosse de ferro. Quando você saiu de Paris, Emma?

— Esta manhã. — Parecia que tinha sido há uma vida.

— E como Bernstein soube de sua vinda?

— Tive de ir lá para pegar algum dinheiro. Libras esterlinas. Eu recebi vinte libras de sua caixinha. Espero que não se importe.

— Não ligo a mínima.

COM TODO AMOR

Passaram pelo estúdio, fechado e escuro. — Você já começou a pintar? — perguntou Emma.

— É claro que já. Foi por isso que voltei.

— E o trabalho que fez no Japão?

— Deixei na América para a exposição.

Agora o ar estava cheio dos sons das ondas, dos vergalhões rolando para a praia. A grande praia. A praia deles. Depois, surgiu o teto irregular de seu chalé, iluminado pela lâmpada da rua, que ficava junto do portão azul. Quando se aproximaram da casa, Ben procurou pela chave no bolso da jaqueta, e entrou na frente de Emma, passando pelo portão e descendo as escadas. Abriu a porta e foi entrando, acendendo as luzes enquanto passava, de forma que em um momento todas as janelas estivessem brilhando.

Emma seguiu-o devagar. Viu o fogo crepitante da lareira e a limpeza e a ordem quase inumanas que a mulher de Daniel conseguira criar no que devia estar antes completamente negligenciado. Tudo estava brilhando, escovado, lavado e polido em cada milímetro de sua existência. As almofadas foram afofadas e colocadas com uma precisão geométrica. Não havia flores, mas a casa recendia fortemente a desinfetante.

Ben cheirou o ar e fez uma careta. — Está com cheiro de hospital — comentou. Largou a maleta de Emma e desapareceu na direção da cozinha. Emma atravessou a sala e ficou junto da lareira, aquecendo as mãos perto do fogo. Ainda que com cuidado, começava a sentir-se mais esperançosa. Temera não haver qualquer tipo de boas-vindas. Mas Ben fora esperá-la na estação e havia fogo na lareira. Nenhum ser humano poderia pedir muito mais.

Sobre o console da lareira estava o único quadro daquela sala, a pintura que Ben lhe fizera, quando tinha seis anos. Fora a primeira vez em sua vida — e Emma compreendia isso, finalmente — que fora o centro de sua atenção, e somente por esse motivo suportara sem se queixar as longas horas sentada, o tédio, as cãibras e a fúria desvairada que ele demonstrava quando ela se movia. Para o quadro, ela usara uma grinalda de margaridas, e todos os dias sentia o mesmo prazer de observar as mãos hábeis de Ben formando uma grinalda de flores frescas, e depois o orgulho, quando ele a colocava sobre sua cabeça, solenemente, como se estivesse coroando uma rainha.

Ele voltou para a sala. — A esposa do Daniel é uma boa mulher e vou dizer isso a ele. Pedi a ela para deixar alguns suprimentos — Emma voltou-se e viu que ele encontrara uma garrafa de Haig e um copo de vinho. — Pegue para mim uma jarra de água, Emma, por favor. — Um pensamento passara-lhe pela cabeça. — E também um outro copo, se quiser beber também.

— Não quero beber, mas estou com fome.

— Não sei se ela pensou *nesse* tipo de suprimentos.

— Vou ver.

A cozinha também fora varrida, escovada, lavada. Ela abriu a geladeira e encontrou ovos, bacon e uma garrafa de leite, e havia pão no armário. Tirou uma jarra de um gancho na cristaleira e encheu-a com água gelada, levando-a de volta para a sala de estar. Ben examinava tudo, mexia nas lâmpadas, tentando encontrar alguma coisa errada. Ele sempre odiara aquela casa.

— Quer que eu faça uns ovos mexidos para você? — Emma perguntou.

— O quê? Oh, não, eu não quero nada. Sabe? É muito estranho estar aqui de novo. Não posso deixar de sentir

COM TODO AMOR

que Hester vai aparecer e começar a mandar-nos fazer alguma coisa que não queremos.

Emma pensou em Christopher e disse: —Ah, coitada da Hester.

—Coitada coisa nenhuma. Era uma vagabunda metida.

Ela voltou para a cozinha, encontrou uma frigideira, uma tigela e manteiga. Continuava ouvindo os sons da inquietação de Ben, vindos da sala. Abria e fechava portas, puxava uma cortina, chutava uma tora de volta para o fogo. Então, apareceu na porta da cozinha, com um cigarro numa das mãos e o copo cheio na outra. Observou Emma fritando os ovos e falou: — Você cresceu mesmo, não foi?

—Tenho 19 anos. Se cresci ou não, não sei dizer.

—É muito estranho você não ser mais uma criancinha.

—Você vai se acostumar com isso.

—É, acho que sim. Quanto tempo pretende ficar?

—Digamos que não fiz qualquer plano de ir embora novamente.

—Quer dizer que pretende viver aqui?

—Pelo menos por enquanto.

—Comigo?

Emma olhou para ele, por cima do ombro. —Isso seria tão doloroso?

—Eu não sei — retrucou. — Eu nunca tentei.

— Foi por isso que voltei. Pensei que talvez já fosse tempo de você tentar.

—Isso, por acaso, significa uma reprovação?

—Por que eu o reprovaria?

—Porque eu a abandonei e fui embora para o Texas. Porque eu nunca fui vê-la na Suíça. Porque não a deixei ir para o Japão.

57

— Se eu me importasse com essas coisas, não teria voltado.

— E supondo que eu decida ir embora de novo?

— Vai fazer isso?

— Não — baixou os olhos para a bebida. — Por enquanto, não. No momento estou cansado. Voltei para ter um pouco de paz. — Levantou os olhos novamente. — Mas não vou ficar aqui para sempre.

— Eu também não vou ficar aqui para sempre — replicou Emma. Colocou a torrada em um prato, o ovo sobre a torrada, e abriu uma gaveta para procurar um garfo e uma faca.

Ben observava tudo com alguma agitação.

— Você não vai se tornar uma pequena dona de casa eficiente, vai? Outra Hester? Se fizer isso, jogo você na rua.

— Não poderia ser eficiente, nem que tentasse. Se isso servir de consolo para você, eu perco trens, queimo a comida, perco dinheiro, deixo as coisas caírem. Eu tinha um chapéu de sol, esta manhã, em Paris, mas quando cheguei em Porthkerris, ele havia desaparecido. Como alguém pode perder um chapéu de sol neste país, em pleno fevereiro?

Mas ele ainda não estava convencido. — Não vai querer ficar dirigindo um carro por aí o tempo todo, vai?

— Não sei dirigir.

— E televisão e telefones e todo esse lixo?

— Eles nunca tiveram muita importância em minha vida.

Ben riu e Emma pensou se haveria alguma coisa errada em achar seu próprio pai atraente.

— Não tinha muita certeza de como isso iria funcionar. — ele disse. — Mas sob circunstâncias tão favoráveis, só

COM TODO AMOR

posso dizer que estou feliz por você ter voltado. Seja bem-vinda à sua casa.

Levantou o copo para Emma e acabou de tomar a bebida, voltando depois à sala de estar para pegar a garrafa e servir-se da outra metade.

4

O bar Sliding Tackle era pequeno e confortável, com paredes revestidas de madeira escura, e muito antigo. Possuía somente uma pequena janela que dava para o cais, de modo que a primeira impressão de um visitante, ao entrar, vindo da luz brilhante do sol, era a de uma escuridão profunda. Mais tarde, quando seus olhos se acostumavam com a penumbra, outras peculiaridades tornavam-se evidentes, sendo a mais proeminente de todas a inexistência de duas linhas paralelas no local, pois o pequeno *pub*, fixado em suas fundações durante séculos, como uma pessoa dormindo profundamente numa cama confortável, apresentava várias irregularidades, como ilusões de ótica, que intoxicavam os fregueses em potencial, mesmo antes de tomarem seu primeiro drinque. As portas aparentemente frágeis afundavam numa direção, exibindo um vão sinistro entre a pedra e os lambris. A viga enegrecida, que formava a estrutura do bar, desviava para o outro lado. E o teto caiado apresentava um declive tão perigoso, que o proprietário sentira-se obrigado a colocar cartazes, avisando: "Cuidado com o declive" e "Cuidado com a cabeça".

Há anos Sliding Tackle mantinha-se obstinadamente. Construído na parte antiga e fora de moda de Porthkerris, despencado sobre o cais, sem espaço para terraços elegantes ou para chás ao ar livre, conseguira resistir à enchente do turismo de verão, que engolfava o resto da cidade. Tinha

COM TODO AMOR

seus fregueses regulares, que chegavam para beber e conversar de modo confortável e discreto, e jogar *shove-ha'penny*. Apresentava ainda um alvo para dardos e uma lareira pequena e escurecida, onde, no inverno ou verão, o fogo sempre queimava. Havia Daniel, o *barman*, e Fred, com cara de nabo vesgo, que tinha um emprego no verão para catar o lixo das praias e alugar espreguiçadeiras para os turistas, e que passava o resto do ano bebendo abençoadamente o que recebera.

E havia Ben Litton.

— É uma questão de prioridades — sentenciou Marcus, enquanto ele e Robert entraram no Alvis para tentar trazer Ben Litton de volta à Terra. O tempo esquentara de tal forma que Robert baixara o capuz e Marcus usava, juntamente com seu habitual sobretudo preto, um boné de *tweed* com forma de cogumelo, que parecia ter sido comprado para outra pessoa. — Prioridades e horários. Ao meio-dia de um domingo, o primeiro lugar a se procurar seria o Sliding Tackle. E se ele não estiver lá, o que duvido muito, iremos ao estúdio e depois tentaremos o chalé.

— Ou talvez, com esta manhã tão agradável, ele tenha ido dar uma volta por aí.

— Não acredito. Esta é a hora de seu drinque, e, até onde eu sei, ele sempre foi uma criatura de hábitos.

O dia estava de uma beleza inacreditável, mesmo ainda sendo março. Não havia nuvens no céu. O mar, que batia obliquamente na curva da baía, embalado pelas rajadas de um vento noroeste, estendia-se diante deles com todos os tons de azul, desde um índigo profundo até o turquesa mais pálido. Do alto da colina, a vista estendia-se até uma infinidade de promontórios distantes que mergulhavam numa névoa que sugeria o calor profundo do alto verão. E abaixo, descendo pela estrada tortuosa, a cidade debruçava-se sobre uma miscelânea de alamedas estreitas e cobertas de pedregulhos, de casas caiadas, com telhados desbotados e tortos, amontoadas em torno do cais.

Todos os anos, durante os três meses de verão, Porthkerris tornava-se o inferno na Terra. Suas ruas inadequadas ficavam atulhadas de carros, as calçadas superlotadas com uma população quase nua, e suas lojas inchavam com cartões-postais, chapéus de sol, sandálias, redes de pescar camarões, pranchas de surfe e colchões de plástico infláveis. Na praia grande surgiam as tendas e as cabanas de banhistas, e os cafés abriam com seus terraços cheios de mesas redondas de ferro, cobertos por guarda-sóis. Bandeiras de cor laranja tremulavam ao vento, anunciando pirulitos de framboesa, picolés com cobertura de chocolate e outros "horrores", e, como se não bastasse, havia docinhos e pastelões recheados de batatas marrons encharcadas, tudo isso à venda.

E em torno de Whitsun abria-se a galeria de diversões, com máquinas de fliperama, vitrolas automáticas aos berros, e ainda outro cacho de casas pitorescas, caindo aos pedaços, que desmoronava pela ação dos tratores, para abrir espaço para outro estacionamento de carros; os moradores, juntamente com as pessoas que amavam a cidade, e os artistas eram testemunhas horrorizadas dessa violência. Diziam "Está pior do que nunca"; "Está tudo arruinado"; "Não podemos mais ficar aqui". Mas a cada outono, logo que o último trem levava para longe o último invasor com seu nariz descascando, Porthkerris voltava milagrosamente a ser o que era, com seu ritmo normal. As lojas levantavam suas portas. As tendas desapareciam e as praias ficavam limpas, como que lavadas pelas chuvas de inverno. As únicas bandeiras agitadas eram as cordas de roupas la-

COM TODO AMOR

vadas, penduradas de casa para casa, como telas de cor pastel, ou as estacas no alto dos gramados, onde os pescadores penduravam suas redes para secar.

E era nesse momento que a antiga magia ressurgia, e era fácil compreender por que um homem como Ben Litton voltava de tempos em tempos, como um pombo retornando a seu pombal para descansar de novo na segurança das coisas que lhe eram familiares, sendo mais uma vez capturado por sua obsessão de pintor, pelas cores e pelas luzes.

O Sliding Tackle ficava no final da estrada do cais. Robert estacionou na frente da porta retorcida e desligou o motor do carro. Estava muito quente e silencioso. A maré estava baixa, o porto cheio de areia limpa, algas marinhas e gaivotas barulhentas. Algumas crianças saíam de suas casas para a luz do sol, brincando com baldes e pazinhas, observadas por algumas avós que tricotavam, ornadas com aventais e redes de cabelo, e um gato preto e magricela sentava-se nos cascalhos e lavava as orelhas.

Marcus saltou do carro.

— Vou ver se ele está lá dentro. Espere aqui.

Robert tirou um cigarro do maço no porta-luvas, acendeu-o e ficou observando o gato. Acima de sua cabeça, a placa da hospedaria estalava ao vento; uma gaivota chegou e sentou-se sobre ela, olhando Robert e gritando como um desafio malevolente. Dois homens desceram a estrada, caminhando com a alegria lenta e correta, típica de um domingo de descanso metodista. Usavam suéteres azul-marinho e bonés brancos.

— Bom-dia — cumprimentaram ao passar.

— Um dia encantador — respondeu Robert.

— Sim, encantador.

Depois de um momento, Marcus apareceu de novo.

63

ROSAMUNDE PILCHER

— Muito bem, eu o encontrei.

— E quanto a Emma?

— Ele disse que ela voltou para o estúdio. Foi lavar roupa.

— Quer que eu vá lá buscá-la?

— Se você quiser. São... — olhou para seu relógio — meio-dia e quinze. Vocês podem estar de volta aqui a uma. Eu disse que almoçaríamos a uma e meia.

— Está bem. Vou a pé. Não vale a pena levar o carro.

— Você se lembra do caminho?

— É claro. — Ele estivera duas vezes antes em Porth-kerris, à procura de Ben Litton por algum motivo ou outro, quando Marcus não estava disponível. A fobia de Ben a respeito de telefones, carros e todas as formas de comunicação criava, de tempos em tempos, as complicações mais odientas, e Marcus aceitara há muito tempo o fato de ser mais rápido fazer a viagem de Londres até a Cornualha para pegar o leão em sua toca do que esperar por uma resposta pela maneira tão impessoal como o telegrama.

Saiu do carro e bateu a porta.

— Quer que eu conte para ela do que se trata, ou devo deixar essa tarefa agradável para você?

Marcus sorriu. — Pode contar para ela.

Robert tirou o boné de *tweed* e deixou-o sobre o assento do motorista. Acrescentou, amigavelmente: — Seu cretino.

Ele recebera uma carta de Emma, uma ou duas semanas depois dela ter passado por Londres.

"Caro Robert,

Se eu chamo o Marcus de Marcus, penso que não posso chamá-lo de sr. Morrow, não acha? Não, claro que não, com certeza, não. Devia ter escrito imediatamente para agradecer o almoço e por ter-me dado o dinheiro, e por

COM TODO AMOR

contar a Ben que eu estava no trem. Ele até foi esperar-me na estação. Tudo está indo maravilhosamente bem, até agora; não tivemos uma briga, e Ben trabalha como um louco em quatro telas ao mesmo tempo.

Não perdi nada da minha bagagem, exceto meu chapéu de sol, que, tenho certeza, foi roubado por alguém.

Todo o meu carinho para o Marcus. E para você.

Emma."

Agora, ele seguia seu caminho por entre o aborrecido labirinto de ruas estreitas e casas quase que empilhadas, levando à praia norte da cidade, onde havia outra praia, uma baía deserta e desprotegida, só apreciada pelas grandes ondas que nela derramavam-se, diretamente do Atlântico. O estúdio de Ben Litton dava para essa praia. Há muito tempo, a casa fora uma loja de redes e seu único acesso era uma rampa de cascalhos que descia da rua até chegar a uma porta pintada de preto. Havia uma placa onde seu nome estava impresso e uma imensa aldrava de ferro. Robert bateu com ela na porta e chamou Emma.

Não houve resposta. Abriu então a porta, que foi quase que imediatamente arrancada de sua mão por uma rajada de vento que vinha da janela aberta do outro lado do estúdio. Quando a porta fechou-se atrás dele, a rajada desapareceu. O estúdio estava vazio e terrivelmente frio. Não havia sinal de Emma, mas uma escada, um pincel com tinta branca e um balde diziam de sua recente ocupação. Ela terminara de pintar uma parede, mas quando ele tocou-a com a mão descobriu que ainda estava fria e úmida.

Do meio dessa parede surgia um fogão feio e antigo, vazio e apagado, e a seu lado, um bujão de gás, uma panela amassada, uma caixa de laranjas virada ao contrário, con-

ROSAMUNDE PILCHER

tendo canecas listradas de azul e branco, e uma jarra com torrões de açúcar. No lado oposto da sala, a mesa de trabalho de Ben, entulhada de rascunhos e papéis, tubos de tinta e centenas de lápis e pincéis, todos enrolados em folhas de cartolina amassadas. A parede acima dessa mesa ficara escura e suja com o tempo, manchada com rabiscos feitos com espátulas, que formaram com os anos uma camada crustácea colorida. Acima da mesa, havia uma prateleira estreita, e nela desfilava uma seleção de *objets trouvés**, que em algum determinado momento despertaram a atenção de Ben. Uma pedra da praia, uma estrela-do-mar fossilizada, uma jarra azul com plantas secas; uma reprodução de Picasso num postal; um pedaço de madeira descorada, trabalhada pelo mar e pelo vento até tornar-se uma escultura abstrata. Havia fotografias, um leque de filmes enrolados, arrumados em um antigo prendedor de cardápios em prata; um convite para uma exposição particular ocorrida há seis anos e, finalmente, um binóculo pesado e fora de moda.

Ao nível do chão, as paredes estavam cobertas com telas encostadas, e no meio do aposento encontrava-se o trabalho atual no cavalete, coberto com uma fazenda de um rosa desbotado. Virado de frente para o fogão vazio estava um sofá velho, coberto com o que parecia serem os remanescentes de um tapete árabe. Havia também uma velha mesa de cozinha, com as pernas cortadas, e sobre ela um maço de cigarros e um cinzeiro transbordante, uma pilha de *Studios*, e uma poncheira de vidro verde, cheia de ovos de porcelana pintados.

A parede norte era toda de vidro, encaixada em tiras

---

* *Objetos achados*, em francês no original. (N. T.)

COM TODO AMOR

finas de madeira e projetada de modo a que a sua parte inferior pudesse ser aberta para os lados. Ao longo dela, um banco comprido, coberto por almofadas, e debaixo dele mais destroços estranhos: as vergas de um bote, uma pilha de pranchas de surfe e uma caixa com garrafas vazias, e no meio, embaixo da janela aberta, dois ganchos de ferro enfiados no assoalho, estando presas neles as pontas de uma escada de corda, que desaparecia pela janela: quando Robert aproximou-se para investigar, viu que ela caía diretamente na areia, uns seis metros abaixo.

A praia parecia estar deserta. A maré baixa deixara uma faixa de areia dura e limpa, dividida do céu por uma linha estreita de espuma branca. Lá mais para o horizonte, havia uma formação rochosa, incrustada de conchas e algas, e sobre ela as gaivotas pousavam, ocasionalmente gritando e lutando por uma presa. Robert sentou-se no banco junto à janela e acendeu um cigarro. Quando levantou os olhos novamente, viu que uma figura aparecera no horizonte, bem na linha do mar. Usava um vestido branco longo, como os trajes de um árabe, e enquanto caminhava na direção do estúdio, parecia lutar com um pacote vermelho grande.

Lembrou-se do binóculo na mesa de Ben e foi buscá-lo. Acertou o foco e a figura apareceu inteira, revelando Emma Litton com os longos cabelos voando ao vento, vestida com um enorme roupão branco de tecido atoalhado e carregando, com certa dificuldade, uma prancha de surfe vermelha, que o vento teimava em tentar arrancar de suas mãos.

— Não é possível que você estivesse nadando!

Emma, lutando com sua prancha de surfe, não o vira na janela. Agora, com a mão na escada de corda, ela se

67

assustara com o som de sua voz. Olhou para cima, arrastando a prancha de surfe na areia; seus cabelos pretos e molhados pareciam feitos em tiras pelo vento.

— Sim, estive, e que susto você me deu. Há quanto tempo está aí?

— Mais ou menos uns dez minutos. Como vai trazer a prancha de surfe pela escada?

— Estava pensando nisso, mas agora que apareceu, todos os meus problemas estão resolvidos. Há uma corda sob o banco. Se jogar uma das pontas para mim, eu a amarrarei nela e você poderá puxar para cima.

Isso foi feito com dificuldade. Robert passou a prancha pela janela aberta, e a própria Emma subiu com dificuldade, com o rosto, as mãos e os pés incrustados com areia seca, os cílios negros brilhando como estrelas-do-mar.

Ajoelhou-se no banco da janela e riu para ele.

— Puxa, mas isso é que foi sorte mesmo! Como eu faria? Mal conseguia trazê-la da praia, quanto menos escada acima.

Percebendo que o rosto dela estava azul de frio, ele falou:

— Vamos entrando logo e fechando essa janela... esse vento está enregelante. Como conseguiu nadar? Vai acabar tendo pneumonia.

— Não, não vou. — Ela desceu para o assoalho e observou-o enquanto ele enrolava a escada e conseguia fechar a janela, que não se encaixava exatamente, deixando uma fresta que parecia o fio de uma faca. — De qualquer maneira, estou acostumada com isso. Sempre nadávamos em abril, quando éramos crianças.

— Não estamos em abril. É março. É inverno. O que seu pai diria?

68

COM TODO AMOR

— Ah, ele não diria nada. E o dia está tão lindo e eu estava cansada de caiar... você viu minha linda parede limpa? O único problema é ela fazer o resto do estúdio parecer um lixo. Além disso, eu não estava nadando, estava surfando, e as ondas me aqueceram — e prosseguiu, sem qualquer mudança de expressão. — Você veio para ver Ben? Ele está lá em Sliding Tackle.

— É, eu sei.

— Como é que você sabe?

— Porque deixei o Marcus lá com ele.

— Marcus — levantou suas sobrancelhas fortemente marcadas, enquanto considerava o que ouvira. — Marcus veio também? Meu Deus, deve ser um negócio muito importante!

Tremia quase que imperceptivelmente.

Robert recomendou: — Vá vestir umas roupas.

— Oh, estou bem. — Pegou um cigarro na mesa, acendeu-o, e depois largou-se no velho sofá, deitada de costas, com os pés sobre o braço da mesma.

— Recebeu a minha carta?

— Sim, recebi. — Com Emma ocupando todo o sofá, não havia outro lugar para se sentar além da mesa; então ele colocou a pilha de revistas no chão e sentou-se lá mesmo. — Sinto muito sobre o seu chapéu de praia.

Emma riu. — Mas está contente pelo Ben?

— É claro.

— É surpreendente como tudo está dando certo. Inacreditável. E ele está mesmo gostando de me ter por perto.

— Eu nunca imaginei, nem por um momento, que ele pudesse não gostar.

— Oh, não comece a me galantear. Sabe que está fazendo isso. No almoço, naquele dia, você era todo sobran-

69

celhas franzidas e ceticismo. Mas agora está vendo que é realmente o arranjo perfeito. Ben não precisa pagar para que eu cuide da casa para ele, ou ser incomodado com detalhes tediosos sobre folgas e selos de segurança, nem precisa ficar envolvido emocionalmente. Ele nunca soube que a vida pudesse ser tão simples.

— Tem notícias de Christopher?

Emma virou um pouco a cabeça para olhá-lo de lado.

— Como você sabe sobre Christopher?

— Foi você quem me contou. No Marcello's. Lembra?

— Foi, eu contei. Não, não soube mais dele. Mas já deve estar em Brookford agora, no auge de seus ensaios. Ele não terá tempo para escrever. De qualquer maneira, tem tanta coisa a ser feita aqui, organizar o chalé, cozinhar, essas coisas. Nunca acredite quando as pessoas disserem que os artistas não comem. O homem interior de Ben é insaciável.

— Contou para ele que encontrou-se com Christopher novamente?

— Minha nossa! Não! E estragar a tranqüilidade de nossa vida? Eu nem mencionei o nome dele. Sabe que está muito mais elegante com essas roupas de *tweed* do que quando fazia o gênero londrino? Logo que o vi, pensei que não era do tipo que passava os dias abotoado num terno cinza-escuro. Quando chegou aqui?

— Viemos de carro ontem à tarde. Passamos a noite no The Castle.

Emma fez uma careta. — Com todas aquelas palmeiras em vasos e os cardigans de *cashmere*. Argh!

— É muito confortável.

— O aquecimento central me dá febre de feno. Não consigo nem respirar.

COM TODO AMOR

Apagou seu cigarro pelo meio no cinzeiro já cheio, tirou os pés do sofá, levantou-se e afastou-se dele, indo em direção à janela, ao mesmo tempo desamarrando a faixa do roupão. Tirou uma pilha de roupas debaixo de uma almofada e, de costas para ele, começou a despir-se. — Por que você e Marcus vieram juntos? — ela perguntou.

— Marcus não dirige.

— Existem trens. E não foi isso o que eu quis dizer.

— Não, eu sei. — Robert pegou um dos ovos de porcelana pintada e começou a brincar com ele, como os árabes manejam seu colar de contas para afastar o pensamento das preocupações. — Viemos tentar persuadir Ben a voltar para os Estados Unidos.

Nesse momento soprou uma grande rajada de vento. Entrou como uma onda por cima da janela de vidro do estúdio, derramou-se, jorrando pelo teto acima deles, com o rugido de um passar de trem. Um bando de gaivotas voou gritando para longe da rocha, atravessando o céu. E então, subitamente, tudo estava acabado.

— Por que ele tem de voltar? — Emma perguntou.

— A exposição retrospectiva.

Emma deixou cair o roupão atoalhado branco e ficou, em silhueta contra a janela, vestida de *jeans*, enfiando uma suéter azul pela cabeça.

— Mas pensei que ele e Marcus já tivessem combinado tudo isso quando estiveram em Nova York em janeiro.

— Nós também pensamos, mas acontece que essa exposição está sendo patrocinada por uma pessoa em particular.

— Eu sei — retrucou Emma, virando-se enquanto libertava seus cabelos escuros da gola alta da suéter. — Li tudo a esse respeito na *Realités*. Sra. Kenneth Ryan. Viúva do milionário, cujo memorial é o Museu de Belas Artes de Queenstown. Viu como estou bem informada? Espero que esteja impressionado.

—E a sra. Kenneth Ryan quer uma exposição particular.

— Então por que ela não disse isso?

— Porque não estava em Nova York. Estava banhando-se ao sol em Nassau, ou nas Bahamas, ou em Palm Beach, ou sei lá onde. Jamais encontraram-se com ela. Só viram o diretor do museu.

— E agora, a sra. Ryan decidiu que Ben Litton volte, para que ela possa fazer uma linda festinha com champanhe com o intuito de exibi-lo, como um troféu, para todos os seus amigos influentes. Isso me dá vontade de vomitar.

— Ela fez mais do que decidir, Emma. Ela veio para convencê-lo.

— Quer dizer que veio à Inglaterra?

— Quis dizer que veio à Inglaterra, foi à Bernstein e veio a Porthkerris. Veio de carro com Marcus e comigo ontem e, neste momento exato, está sentada no bar do The Castle tomando martinis bem gelados, esperando por todos nós, que deveremos almoçar com ela.

— Bem, quanto a mim, eu não irei.

— Tem de ir. Somos todos esperados. — Olhou no relógio de pulso. — E já estamos atrasados. Apresse-se.

— Ben sabe dessa exposição particular?

—Já deve saber agora. Marcus deve ter-lhe dito.

Ela pegou do chão uma bata de tecido marrom e colocou-a sobre a suéter. Quando sua cabeça saiu pela gola, falou: — Ben pode não querer ir.

— Quer dizer que você não quer que ele vá?

—Quis dizer que ele se estabeleceu aqui novamente. Não está aflito, não está ansioso, nem está bebendo muito.

COM TODO AMOR

Está trabalhando como um jovem, e o que está fazendo é fresco, novo, é melhor do que qualquer coisa que já fez antes. Ben já é um sexagenário, você sabe. Olhando para ele, é difícil de acreditar, mas está quase com sessenta. Não é possível que toda essa agitação pelo mundo todo possa não mais estimulá-lo, mas simplesmente deixá-lo desgastado? — Voltou para sentar-se no sofá, de frente para Robert, com o rosto preocupado ao nível do dele. — Por favor, se ele não quiser ir, não tente convencê-lo.

Robert ainda segurava o ovo de porcelana. Olhava-o intensamente, como se suas convoluções em azul e verde pudessem milagrosamente dar uma resposta a todos os problemas. Então, cuidadosamente, colocou-o de volta na vasilha de vidro, junto com os demais companheiros.

— Você fala como se isso fosse alguma coisa importante — respondeu então — como se ele fosse voltar aos Estados Unidos para lecionar novamente, como se não fosse voltar durante anos. Mas não é. É simplesmente uma festa. Ele só vai precisar estar longe por alguns dias. — Ela abriu a boca para protestar prontamente, mas ele continuou. — E você não deve esquecer que essa exposição é uma grande homenagem a Ben. Muito dinheiro foi posto nisso, foi necessária uma grande dose de organização e talvez o mínimo que ele possa fazer...

Emma interrompeu, furiosamente.

— O mínimo que ele pode fazer é ficar desfilando para cima e para baixo como um macaco amestrado para uma americana gorda. E o que torna a coisa ainda mais horrorosa é ele gostar desse tipo de coisa. É isso que eu odeio, ele gostar disso.

— Pois é, ele gosta. Então, se quiser, ele irá.

Ela ficou em silêncio. Sentou-se, com os olhos baixos,

a boca amuada como a de uma criança. Robert terminou o cigarro, apagou-o e então levantou-se e disse, com mais gentileza: — Agora vamos ou chegaremos tarde. Você tem um casaco?

— Não.

— Uns sapatos, então, você deve ter sapatos.

Emma passou a mão por baixo do sofá e trouxe de lá um par de sandálias de tiras de couro; levantou-se e enfiou os pés nus nelas. Seus pés ainda estavam cobertos de areia, e a bata de fazenda grossa, totalmente manchada de cal.

— Não posso ir ao The Castle, para almoçar, vestida desse jeito — disse.

— Bobagem. — Ele tentou parecer controlado. — Vai dar algum motivo para os residentes locais terem o que falar. Vai enfeitar suas vidas cheias de tédio.

— Não está na hora de voltar para o chalé? Eu não tenho nem um pente.

— Há pentes no hotel.

— Mas...

— Não temos mais tempo. Já estamos atrasados. Agora vamos indo...

Saíram juntos do estúdio, subiram a rampa, chegando à rua iluminada pelo sol, e foram caminhando na direção do porto. Depois do frio que fazia no estúdio, o ar estava morno e o brilho do mar refletia-se nas paredes caiadas das casas, ferindo os olhos como o fulgor da neve.

5

Emma não queria entrar em Sliding Tackle.

— Eu espero aqui. Entre você e traga-os para fora.

— Está bem.

Robert caminhou sobre os cascalhos e ela percebeu que ele teria de baixar a cabeça para passar pelo portal. A porta do *pub* fechou-se depois de sua passagem. Emma dirigiu-se para o carro e inspecionou-o com interesse, porque pertencia a Robert, podendo, portanto, fornecer mais chaves para o seu caráter, como uma estante de livros, ou os quadros que um homem pendura em sua parede. Mas além do fato de ser verde-escuro, possuir faróis de neblina, rodas de aço e etiquetas de clubes de carros, o Alvis não deu maiores informações. Dentro, sobre o banco do motorista, havia um boné de *tweed*; cigarros no porta-luvas, além de um folheto de mapas. Sobre o banco traseiro, corretamente dobrado, um tapete axadrezado, espesso, aparentemente caro. Concluiu que ele seria confiante, ou descuidado, mas que também tinha sorte, pois o tapete não fora roubado.

Uma rajada de vento soprou vinda do mar e Emma tremeu. Depois de ter nadado e de sofrer a sessão de vento no estúdio, ainda sentia muito frio. Suas mãos estavam dormentes, muito brancas, as unhas tingidas de azul. Mas o metal do carro estava quente e, para sentir-se um pouco mais confortável, apoiou-se contra ele, de braços e pernas

ROSAMUNDE PILCHER

estendidos em cima do capô, com as mãos abertas como uma estrela-do-mar.

A porta do *pub* abriu-se e Robert Morrow emergiu mais uma vez, abaixando a cabeça cautelosamente. Vinha sozinho.

— Eles não estavam?

— Não. Estamos atrasados e eles se cansaram de esperar; acho que resolveram voltar para o hotel. — Abriu a porta do motorista, pegou o boné e colocou-o, enfiando-o até quase o nariz, acrescentando mais um ângulo agudo ao seu perfil formidável. — Vamos. — Curvou-se um pouco e abriu a outra porta e Emma descolou-se do capô e escorregou para o lado dele.

Saíram, deixando o porto atrás e abaixo deles, atravessaram a cidade, subiram as ruas íngremes e estreitas, passaram entre os terraços das casas e as placas que diziam "Cama e Café-da-Manhã", e pelos jardins onde palmeiras tristes sacudiam suas copas àquele vento estranho. Saíram na rua principal, que ainda era uma ladeira, viraram na entrada do The Castle; subiram, ladeados por canteiros de hortênsias e olmeiros que se debruçavam para o chão, e finalmente chegaram ao topo da colina, onde havia um espaço aberto com quadras de tênis, gramados e uma pista de minigolfe. O hotel fora um dia uma casa de campo e orgulhava-se de manter sua atmosfera autêntica. Uma coluna branca e uma cerca de correntes mantinham os carros afastados do pátio coberto de seixos que ficava na frente, e ali, em espreguiçadeiras, sentava-se um bando de residentes audaciosos, com echarpes, luvas, e enrolados em mantas, como passageiros de um transatlântico. Liam livros ou jornais, mas quando o Alvis subiu a ladeira rugindo, espalhando os seixos para todo lado, jornais e livros foram abaixados, e em alguns casos óculos

76

COM TODO AMOR

foram removidos, e a chegada de Robert e Emma foi observada e gravada, como se estivessem chegando visitantes de outro planeta.

—Nós somos a primeira coisa emocionante que acontece aqui, desde que o gerente caiu na piscina — disse Robert.

Depois de atravessarem as portas giratórias, o calor do lugar envolveu-os como um forno recém-aberto. Emma costumava vangloriar-se de desprezar aquele tipo de conforto, mas naquele momento ele era abençoadamente bem-vindo.

— Espero que estejam no bar — disse Emma. — Vá você na frente que eu estarei lá em um momento. Preciso tentar me livrar de um pouco desta areia.

No banheiro, Emma lavou as mãos e o rosto, e tirou a areia dos pés, esfregando-os na parte de trás de suas calças *jeans*, como um estudante faria, tentando tirar a poeira dos sapatos, antes de entrar na escola. Havia um pretensioso conjunto de escovas e pentes, sobre uma penteadeira enfeitada com babados, e ela passou o pente nos cachos de seus cabelos, quebrando metade de seus dentes, mas conseguindo reduzir aquela massa encaracolada a uma espécie de ordem. Quando dirigiu-se à porta, viu-se refletida num grande espelho. Sem maquilagem, *jeans* desbotados, manchados de cal. Puxou a bata para ver se conseguia cobrir um pouco da desordem, e ao mesmo tempo ficou furiosa consigo mesma, por importar-se com uma coisa tão trivial quanto sua própria aparência pessoal, e abriu-a novamente. Pensariam tratar-se de uma estudante de arte, uma *beatnik*. Ou de uma modelo. Ou da amante de Ben Litton. Que importava! Como Robert Morrow dissera tão apropriadamente, aquilo daria a eles motivo de conversa.

ROSAMUNDE PILCHER

Mas quando saiu do banheiro e seguiu pelo longo corredor acarpetado, sentiu-se agradecida quando viu que Robert não a abandonara para juntar-se aos outros, como ela lhe dissera para fazer, mas a esperava junto da mesa do porteiro, lendo um jornal de domingo que fora abandonado sobre uma cadeira. Quando a viu chegando, dobrou-o e largou-o de novo sobre a cadeira, dando-lhe ao mesmo tempo um sorriso encorajador.

— Você está esplêndida.

— Acabei com o pente do hotel. E era tão bonito, fazia parte de um conjunto. Não precisava ter esperado. Já estive aqui antes e conheço o caminho...

— Então vamos indo.

Eram 13:45h, e o almoço movimentado de domingo já terminara. Só alguns bebedores sisudos ainda estavam sentados no bar, sacudindo seus gins com tônica, e os rostos começando a ficar avermelhados. Ben Litton, Marcus Bernstein e a sra. Kenneth Ryan estavam do outro lado da sala, agrupados em torno da espécie de baia formada pela enorme janela panorâmica. A sra. Ryan estava sentada à cadeira junto da janela, contra uma tela de fundo, como um poster de agência de viagens — um traço de mar azul, uma nesga de céu e as ondulações verdes da pista de minigolfe. Os dois homens, Ben com suas roupas de trabalho francesas e Marcus com seu terno escuro, conversavam, ligeiramente inclinados para ela, de forma que foi a sra. Ryan quem viu primeiro Emma e Robert

— Ora, vejam quem está aqui... — saudou.

Todos viraram-se. Ben permaneceu sentado, mas Marcus levantou-se e foi cumprimentar Emma, com os braços abertos, seu prazer em vê-la ao mesmo tempo tanto verdadeiro quanto exibicionista e não muito britânico. Em

COM TODO AMOR

algumas ocasiões, ele podia ser quase que embaraçosamente austríaco.

—Emma, minha querida criança. Até que enfim você chegou. — Colocou as mãos sobre seus ombros e beijou-a, formalmente, nos dois lados do rosto. — Que prazer vê-la de novo, depois de tanto, tanto tempo. Quanto tempo faz? Cinco anos? Seis anos? Temos muito o que conversar. Aproxime-se, venha conhecer a sra. Ryan. — E pegou sua mão para levá-la até eles. — Mas sua mão parece um bloco de gelo. O que andou fazendo?

—Nada — Emma olhou Robert bem nos olhos, desafiando-o a dizer mais alguma coisa.

— E os pés descalços... como pode agüentar? Sra. Ryan, esta é a filha de Ben, Emma, mas não aperte sua mão, senão vai morrer de choque.

— Sei de maneiras piores para morrer — retrucou a sra. Ryan e esticou sua mão para apertar a dela. — Como vai?

Apertaram-se as mãos. — Devo dizer que você está gelada.

Com um impulso insano, Emma explicou: — Estive nadando. Por isso nos atrasamos. E porque estou tão desarrumada. Não tive tempo de voltar para trocar de roupa.

—Ah, mas você não está desarrumada, está encantadora. Sente-se... ainda temos tempo para outro drinque, não temos? O restaurante não vai expulsar-nos daqui, imagine! Robert, quer ser gentil e pedir outra rodada para nós? Que gostaria de beber, Emma?

—Eu... acho que não vou querer nada. —Ben tossiu ligeiramente. — Bem... então um cálice de *sherry*.

— E todos nós estamos bebendo martinis, Robert. Não quer um também? — Emma encolheu-se cuidadosa-

ROSAMUNDE PILCHER

mente na cadeira da qual Marcus levantara-se, consciente de que seu pai a observava do outro lado da mesa.

— Simplesmente não acredito — disse a sra. Ryan — que você tenha estado mesmo nadando.

— Não exatamente. Eu só entrei na água e saí logo. As ondas estavam enormes.

— Mas não fazia frio demais? Não pode ser bom para você — dirigiu-se a Ben. — É claro que você não aprova que se nade quando faz um frio desses. Você não tem qualquer influência sobre a sua filha?

Sua voz era alegre e provocante. Ben respondeu qualquer coisa e ela continuou, dizendo que ele deveria envergonhar-se... que ela podia ver que ele era um pai displicente...

Emma não escutava. Estava ocupada demais olhando, pois a sra. Ryan não era nem velha nem gorda, mas jovem, linda e muito atraente, e desde o alto de seus cabelos louros dourados, cuidadosamente penteados, até as pontas brilhantes de seus sapatos de crocodilo não havia um simples detalhe que não produzisse um grande prazer em quem os admirasse. Seus olhos eram enormes e azuis como violetas, sua boca era cheia e bem feita, e quando ela sorria, como fazia agora, revelava duas filas de dentes brancos e perfeitos, dentes americanos. Usava um elegante costume de *tweed* rosa, com golas e punhos debruados de piquê branco delicadamente engomados. Diamantes brilhavam em suas orelhas, sua lapela, suas unhas cuidadosamente manicuradas. Não havia nela nada de vulgar, nada fora de lugar. Até seu cheiro era semelhante ao de flores.

— ... Só o fato dela ter estado afastada de você durante seis anos é mais um motivo para cuidar dela agora.

— Eu não cuido dela... ela é que cuida de mim...

COM TODO AMOR

— Agora estou ouvindo um homem falando... — sua voz suave, de sotaque sulista, fazia as palavras soarem como uma carícia.

Os olhos de Emma desviaram-se para o rosto de seu pai. Sua atitude era característica, com as pernas cruzadas, o cotovelo direito descansando sobre o joelho, o queixo apoiado no polegar, um cigarro entre os dedos, com a fumaça subindo diante de seus olhos. Aqueles olhos escuros como café, profundamente sombreados e que observavam a sra. Ryan como se ela fosse um espécime novo fascinante, entre as placas de vidro de um microscópio.

— Emma, sua bebida.

Foi Marcus quem falou. Afastou os olhos de Ben e da sra. Ryan, e olhou para ele aliviada.

— Oh, obrigada...

Ele sentou-se ao lado dela. — Robert contou-lhe sobre a exposição particular?

— Sim, ele me contou.

— Você está zangada conosco?

— Não. — E era verdade. Ninguém poderia ficar zangado com um homem tão honesto que fora diretamente ao ponto.

— Mas não quer que ele vá.

— Foi Robert que disse isso?

— Não, ele não disse nada. Mas conheço você muito bem. E sei quanto tempo você esperou para estar com Ben. Mas vai ser por pouco tempo.

— É — baixou os olhos para sua bebida. — Então ele vai mesmo?

— Sim, ele vai realmente. Mas isso só vai ser no fim do mês.

— Entendo.

81

Marcus acrescentou gentilmente: —... se você quiser ir com ele...

— Não, não quero ir para a América.

— Importa-se de ficar sozinha?

— Não. Isso não me aborrece. E, como você disse, não vai ser por muito tempo.

— Você pode vir para Londres e ficar com a Helen e comigo. Pode ficar com o quarto do David.

— E onde o David vai dormir?

— É triste, mas ele está no colégio interno. Fiquei arrasado, mas agora sou um inglês e meu filho foi afastado de mim aos oito anos de idade. Fique conosco, Emma. Há muita coisa para se ver em Londres. A galeria Tate foi remodelada e está uma obra-prima...

Emma sorriu, apesar de tudo.

— Do que você está rindo, sua criança horrível?

— Estou rindo da sua falta de vergonha. Você tira meu pai de mim com uma das mãos e me oferece a galeria Tate com a outra. E — acrescentou, baixando o tom de voz — ninguém se deu ao trabalho de me contar que a sra. Kenneth Ryan era a Rainha da Beleza do sul da Virginia.

— Nós não sabíamos — respondeu Marcus. — Nunca a tínhamos visto. Ela voou para a Inglaterra num impulso, entrou na galeria Bernstein anteontem e disse que queria ver Ben Litton, e essa foi a primeira vez que botei meus olhos sobre ela.

— E ela merece ser olhada.

— É — assentiu Marcus. Olhou então para a sra. Ryan com seus olhos tristes de sabujo. Olhou em seguida para Ben. Voltou a olhar para seu martini e tocou a casca de limão com o indicador. — É — repetiu.

Aquela chegada atrasada no restaurante causou uma

COM TODO AMOR

certa agitação. A melhor mesa fora reservada para eles, a mesa redonda perto da janela, e era necessário atravessar toda a sala para chegar até ela. A sra. Ryan liderava a caminhada, consciente da admiração que causava em todos os olhares da sala, aparentemente não tomando conhecimento disso. Estava acostumada com aquele tipo de atenção. Atrás dela, vinha Marcus, desengonçado, mas estranhamente atraente e obviamente interessante. Depois, vinham Emma e Robert, e, finalmente, Ben, que ficou um pouco para trás para apagar o cigarro e fazer sua entrada triunfal, parando por um momento na porta para falar com o *maître*, de modo a que, no momento em que entrasse na sala, fosse o único centro de atração.

"Ben Litton... Lá está Ben Litton", os sussurros aumentavam, enquanto ele caminhava entre as mesas, magnífico em seu macacão azul francês, a echarpe vermelha e branca enrolada no pescoço, os cabelos brancos espessos como os de um jovem, um anel como uma vírgula, caído sobre a testa.

"Ben Litton... sabe quem é, o pintor."

Era emocionante. Todos sabiam que Ben Litton possuía um estúdio em Porthkerris, mas se alguém quisesse mesmo vê-lo teria de ir até a cidade, descobrir um *pub* freqüentado por pescadores chamado Sliding Tackle e sentar-se lá, na obscuridade abafada, fazendo com que um copo de cerveja quente durasse o máximo de tempo possível e aguardar que ele aparecesse. Era como se fosse uma forma estranha de ficar observando um pássaro, como um ornitólogo.

Mas hoje Ben Litton abandonara seu refúgio normal e estava ali, no The Castle, pronto para o almoço de domingo, como qualquer outro ser humano normal. A montanha viera a Maomé. Uma senhora idosa observava-o

83

abertamente através de sua *lorgnette*, enquanto um turista texano lamentava ter deixado sua câmera com *flash* no quarto.

Os olhos de Emma encontraram-se com os de Robert Morrow e ela fez um esforço para conter um ataque de riso.

Ben chegou finalmente à mesa, acomodou-se no lugar de honra à direita da sra. Ryan, pegou o menu e sugeriu, simplesmente com o levantar de um dedo, que o garçom dos vinhos se aproximasse. A emoção causada por sua entrada foi diminuindo gradativamente, mas era evidente que, durante o resto da refeição, eles seriam o objeto de todas as atenções.

Emma comentou com Robert: — Sei que eu não deveria aprovar, que deveria envergonhar-me de um exibicionismo tão evidente, mas de alguma forma ele faz isso sempre.

— Bem, pelo menos isso fez você rir e deixar de ficar agitada e nervosa.

— Você devia ter-me contado que a sra. Ryan era jovem e linda.

— Ela é realmente linda. Mas não creio que seja tão jovem quanto parece. Podemos dizer que é bem conservada.

— Sua observação parece mais a que teria feito uma mulher invejosa.

— Desculpe. Minha intenção foi a melhor do mundo.

— Mesmo assim, você devia ter dito.

— Você não perguntou.

— Não, mas eu fiz comentários sobre as americanas velhas e gordas, e mesmo assim você não disse nada.

— Talvez eu não tenha percebido como isso seria importante para você.

— Uma mulher linda e Ben Litton e você não perceberam como isso era importante? É mais do que isso; é letal. Mas uma coisa é certa, você e Marcus não vão precisar fazer nada para persuadi-lo. Ben vai para a América. Ela só precisa bater aqueles cílios e ele já estará no meio do Atlântico.

— Acho que você não está sendo inteiramente justa. Os cílios mais longos do mundo não o obrigariam a fazer qualquer coisa que ele não quisesse.

— Não, mas ele jamais resistiria a um desafio.

A voz dela era fria.

— Emma — disse Robert.

Ela olhou para ele. — O quê?

— Seu ressentimento está transparecendo. — Fez um pequeno espaço entre o indicador e o polegar. — Só um pouquinho assim.

— É... bom... — Ela decidiu mudar de assunto. — Quando você volta para Londres?

— Esta tarde mesmo. — Deu uma olhada no seu relógio de pulso.

— Estamos nos atrasando aqui. Precisamos sair, logo que pudermos mandar a Senhorita Milhões embora.

Mas a sra. Ryan não parecia ter a menor pressa. O almoço demorou quatro idas e vindas dos ganções e *maître*, desde o vinho até o conhaque e o café, servidos no restaurante já vazio, porque ela não queria afastar-se daquela mesa. Finalmente, aproveitando uma pausa da conversa, Robert pigarreou e falou:

— Marcus, desculpe a interrupção, mas acho que devíamos preparar-nos para sair, pois ainda temos de viajar quase quinhentos quilômetros.

A sra. Ryan pareceu surpresa.

— Mas que horas são?

— Quase quatro horas.

85

Ela riu.

—Já? É como se estivéssemos na Espanha. Uma vez, fui a um almoço na Espanha e só levantamos da mesa às sete e meia da noite. Por que o tempo tem de passar tão depressa quando estamos nos divertindo?

—Causa e efeito — comentou Ben.

Sorriu para Robert, do outro lado da mesa.

—Você não está querendo sair imediatamente, está?

—Bom... o mais cedo possível.

—Mas eu queria ver o estúdio. Não poderia atravessar todo o Atlântico e viajar até Porthkerris sem ver o estúdio de Ben. Não poderíamos dar uma passadinha por lá, só por um instante, no caminho de volta para Londres?

A sugestão despreocupada foi recebida em silêncio. Robert e Marcus pareceram momentaneamente confusos; Robert, porque não queria atrasar-se nem mais um minuto, e Marcus, porque sabia que, acima de tudo, Ben odiava ter seu estúdio inspecionado. Emma também sentiu um aperto no coração. O estúdio estava um caos — não o caos de Ben, que não importava, mas o caos produzido por ela. Lembrou-se da escada de cordas, do balde de cal, do roupão molhado e do maiô que deixara abandonado no chão, dos cinzeiros transbordantes e do sofá caindo aos pedaços, e da areia por toda parte. Olhou para Ben, rezando para que ele recusasse. Todos olharam para Ben, esperando como fantoches, para ver para que lado ele moveria seus cordéis.

Mas pelo menos por aquela vez ele não os decepcionou.

— Minha cara sra. Ryan, apesar do prazer que me daria mostrar-lhe meu estúdio, acho que devo dizer-lhe que ele não fica no caminho para Londres.

Desta vez, todos os olhos viraram-se para ela, para ver como receberia o que ouvira. Mas ela simplesmente fez um

COM TODO AMOR

beicinho e todos riram aliviados, juntamente com a sra. Ryan, que também riu com muito encanto.

— Muito bem, sei quando fui vencida. — Recolheu então sua bolsa e luvas. — Mas ainda quero dizer uma coisa. Vocês todos têm sido tão gentis comigo, que não quero sentir-me mais como uma estranha. Meu nome é Melissa. Será que todos concordam em me chamar assim?

Mais tarde, enquanto os homens colocavam suas coisas no carro, ela se aproximou de Emma.

— Você especialmente foi um anjo. Marcus contou-me que você acabou de chegar de Paris para ficar com seu pai, e cá estou eu, levando-o de novo para longe de você.

Emma, que sabia que não fora especialmente um anjo, sentiu-se culpada.

— A exposição tem que vir em primeiro lugar...

— Cuidarei bem dele — prometeu Melissa.

"É", pensou Emma, "tenho certeza disso." E mesmo assim, sem querer, gostou da mulher americana. E havia alguma coisa no conjunto de seu queixo e na limpidez de seus olhos azuis-violeta que fizeram Emma pensar que, talvez, desta vez, Ben não conquistaria a vitória fácil de sempre. E se as coisas não saíssem como ele queria desde o princípio, ele estava sempre pronto a tornar-se desencorajado. Sorriu então para a sra. Ryan e falou: — Não acredito que ele demore muito para estar aqui de volta. — Pegou o casaco de mink cor de mel que repousava sobre o encosto de uma cadeira e ajudou a sra. Ryan a vesti-lo. Saíram juntas do hotel. Agora fazia mais frio ainda. O calor do sol abandonara o céu e uma corrente gelada vinha do mar. Robert fechou o porta-malas do Alvis, e Melissa, enrolada em seu mink, despediu-se de Ben.

— Mas não se trata de uma despedida — disse, enquanto segurava a mão dela e olhava profundamente dentro de seus olhos. — Trata-se de *au revoir*.

— É claro. E se me avisar quando seu avião chega ao aeroporto Kennedy, providenciarei para que alguém o apanhe lá.

Marcus interveio então: — Eu ficarei encarregado de avisá-la. Nunca em minha vida soube de uma ocasião em que Ben avisasse alguém de qualquer coisa, muito menos da hora em que chegaria. Até logo, Emma, minha querida criança, e não se esqueça de que eu a convidei para ficar conosco o tempo que quiser enquanto Ben estiver na América.

— Obrigada, Marcus. Nunca se sabe. Poderei aceitar.

Beijaram-se. Ele entrou na parte traseira do carro e Melissa Ryan na frente, com suas pernas elegantes envolvidas pela manta do carro de Robert. Ben fechou a porta e decidiu continuar sua conversa com ela através da janela aberta do carro.

— Emma. — Era Robert.

Ela virou-se.

— Ah, até logo, Robert.

Para sua surpresa, ele tirou o boné e inclinou-se para beijá-la.

— Você vai ficar bem?

Ela se comoveu.

— Sim, é claro.

— Se precisar de qualquer coisa, telefone para mim, lá na Bernstein.

— O que eu poderia precisar?

— Não sei. Foi só um pensamento. Até logo, Emma.

Ela e Ben ficaram parados, observando até o carro desaparecer no final do túnel de árvores. Depois que ele sumiu, nenhum dos dois falou nada por algum tempo. Então

COM TODO AMOR

Ben pigarreou e disse, ostensivamente, como se estivesse fazendo um discurso:

— Que cabeça interessante aquele jovem tem. O crânio estreito e os ossos faciais fortes. Gostaria de vê-lo com barba. Daria um bom santo — ou talvez, um pecador. Gosta dele, Emma?

Ela deu de ombros.

— Creio que sim. Eu mal o conheço.

Quando ele se virou, viu a pequena multidão de hóspedes do hotel que, saindo para seus passeios, ou voltando do golfe, ou sem muito rumo, buscando o menor motivo de diversão, resolvera testemunhar a partida de Melissa. Quando Ben fixou seus olhos escuros neles, tornaram-se sem graça, desviaram-se e recomeçaram a andar como se tivessem sido apanhados fazendo alguma coisa vergonhosa.

Ben sacudiu a cabeça, divertido.

— Acho que já fui observado o suficiente; parece até que sou um chimpanzé de duas cabeças. Ande, vamos para casa.

6

Ben Litton foi para a América no final de março, viajando de Porthkerris para Londres, via British Railways, e de Londres para Nova York, num Boeing da BOAC. No último momento, Marcus Bernstein decidiu ir com ele, e os jornais da tarde mostravam fotos de sua partida, Ben com os cabelos brancos voando charmosamente ao sabor da brisa, e Marcus quase que totalmente escondido por seu chapéu preto. Ambos pareciam ligeiramente constrangidos.

Marcus enviou para Emma a pilha de jornais americanos por via aérea que traziam em suas colunas os comentários de todas as críticas de arte que valiam a pena no país. Todos eram unânimes em louvar a concepção do Museu de Belas Artes de Queenstown, aclamando-o como um exemplo perfeito de arquitetura, iluminação e disposição imaculadas. E a exposição de Ben Litton não podia deixar de ser citada. Nunca mais a obra do artista estaria disponível para o público em sua totalidade, e os dois ou três retratos anteriores à guerra, emprestados por particulares, já valeriam uma visita ao museu, mesmo que fosse só para ver como um único homem podia ser pintor, psiquiatra e sacerdote ao mesmo tempo.

"Ben Litton usa seu pincel como o bisturi de um cirurgião, primeiro exibindo a doença inteiramente, depois tratando-a com uma compaixão sem limites."

A palavra compaixão foi usada novamente para seus

COM TODO AMOR

desenhos da época da guerra, os grupos de abrigos, os bombardeiros, e um punhado de esboços salvos da época do avanço dos Aliados na Itália. E a respeito de sua obra pós-guerra, mencionou-se: "Outros pintores abstraem da natureza. Litton abstrai da imaginação, e uma imaginação tão viva que é difícil acreditar que essas pinturas tão vitais não tenham sido feitas por um homem com metade de sua idade."

Emma leu as críticas e permitiu-se sentir orgulho. A exposição particular aconteceu no dia 3 de abril, e no dia 10 ainda não havia a menor notícia sobre a volta de Ben, mas ela continuava preenchendo seus dias com longas tarefas domésticas, e mais tarde voltou a morar no estúdio para terminar a pintura das paredes. Essas ocupações exigiam pouca concentração mental e sua mente vagava sem rumo no futuro, permitindo-se aquele tipo de sonho acordado que, um mês antes, jamais teria se permitido. Mas agora, sentia realmente que as coisas haviam mudado. Quando ela acompanhara Ben até a estação para pegar o trem para Londres, ele lhe dera um beijo de despedida — com a mente distante, para dizer a verdade, como se tivesse esquecido por um momento quem ela era, mas mesmo assim, ele a beijara, e esse fato fora decididamente um marco. E quando ele finalmente conseguisse afastar-se da adulação do público americano e voltasse para Porthkerris, ela iria esperá-lo na estação, fria e comportada como uma secretária sociável e perfeita. E talvez, na próxima vez que Ben partisse para um canto distante, apesar de interessante, do mundo, ela pudesse ir com ele; então, reservaria as passagens e providenciaria para ele não perder as escalas, e manteria Marcus perfeitamente informado de todos os movimentos dele.

91

ROSAMUNDE PILCHER

Então, um ou dois dias mais tarde, chegou uma carta de Marcus, enviada de Londres. Ela abriu-a esperançosa, pensando que diria que Ben estava de volta, mas, na realidade, era simplesmente para dizer que Marcus voltara sozinho para Londres e que Ben permanecera em Queenstown.

"O Museu Memorial Ryan é fascinante, e se eu pudesse também teria ficado. Ele abraça todas as formas de arte, tem um pequeno teatro, um salão de concertos e uma coleção de jóias russas que tem de ser vista para se acreditar nela. Queenstone é encantadora, cheia de casas georgianas de tijolos vermelhos, dispostas em gramados verdes cercados por cornisos em flor... tudo isso dá a impressão de estar lá desde a época de William e Mary, mas na realidade, eu mesmo vi uma delas em processo de construção, a grama sendo colocada em tufos e os cornisos sendo plantados já floridos. O clima é quente e temperado.

Redlands (a mansão dos Ryan) é uma grande casa branca com um 'pórtico' com pilastras onde Ben fica sentado em uma espreguiçadeira, sendo servido de mint juleps* *por um mordomo negro de nome Henry, que vem todos os dias para o trabalho num Chevrolet lilás, e que espera, em um futuro não muito distante, tornar-se advogado. Trata-se de um jovem muito inteligente que deve conseguir o que pretende. Existem ainda duas quadras de tênis, um curral cheio de cavalos de raça e a inevitável piscina. Ben, como você pode bem imaginar, nem cavalga nem joga tênis, mas, quando não está animando a exposição retrospectiva, passa longas horas flutuando na piscina sobre um colchão de borracha. Sinto que ele tenha ficado longe de você por tanto tempo, mas acredito honestamente que ele precisava desse descanso. Ele tem trabalhado muito nos últimos anos, e um pequeno relaxamento*

---

* *Mint julep* é uma bebida gelada, contendo uísque ou brandy, açúcar e folhas de hortelã, servida em copos altos com gelo. (N. T.)

COM TODO AMOR

não lhe fará mal algum. Se se sentir sozinha, nosso convite continua de pé. Venha ficar conosco. Adoraríamos ter a sua presença.

Receba todo o nosso carinho.
Marcus"

A pintura das paredes estava terminada, o chão do estúdio lavado. Os esboços feitos por Ben tinham sido catalogados e arrumados em portfólios numerados. Suas canetas e pincéis, arrumados por tamanho, e os vários tubos de tinta a óleo solidificada, usados somente uma vez e depois abandonados, foram jogados discretamente na lata de lixo.

Não havia mais nada para ser feito.

Ben já estava fora há duas semanas quando chegou um cartão-postal de Christopher. Emma estava na cozinha do chalé, fazendo café e suco de laranja, ainda de roupão, com o cabelo preso num rabo-de-cavalo, quando o carteiro, um jovem bochechudo vestindo uma camisa sem gola, colocou a cabeça na porta e saudou: —Como está esta manhã, minha linda?

— Esplêndida, obrigada — respondeu Emma, que fizera amizade com ele desde que voltara de Paris.

Ele sacudiu um monte de cartas para ela.

— São todas para o seu velho. Mas... aqui... está um cartão-postal para você. — Inspecionou a foto antes que Emma o tirasse de suas mãos. — Estas coisas são tão vulgares. Não sei como alguém pode comprá-las.

— Claro que você não sabe — disse Emma asperamente, mal olhando a moça exuberante de biquíni antes de virar o cartão para ver de quem era. O selo era de Brookford.

"Emma querida, quando você vem me ver? Não posso ir vê-la porque estamos envolvidos até o pescoço com os ensaios de Dead on Time. *O número de meu telefone é Brookford 678; é melhor ligar às dez da manhã, antes de começarmos a trabalhar. O produtor é um sujeito legal, o diretor de palco é nojento, e todas as garotas têm manchas pelo corpo e não são tão bonitas quanto você. Amor, Amor, Amor. Christo."*

A cabine telefônica ficava a um quilômetro e meio de distância. Emma desceu a rua e foi até o armazém caindo aos pedaços, onde comprou cigarros, latas de comida e sabão em pó, e usou o telefone.

Era um telefone antigo, com o fone separado da peça principal e cujo gancho tinha de ser sacudido para se conseguir falar com a telefonista. Emma sentou-se sobre uma caixa de cerveja e aguardou até a ligação ser completada; um gato cinza e branco, gordo como uma almofada, surgiu e deitou-se preguiçosamente sobre seus joelhos.

Finalmente, o telefone foi atendido por uma mulher com voz mal-humorada.

— Teatro Brookfield.

— Gostaria de falar com Christopher Ferris, por favor.

— Não sei se ele já chegou.

— Será que poderia verificar para mim?

— Acho que sim. Quem quer falar com ele?

— Emma.

A mulher irritada foi averiguar. Emma ouvia várias vozes conversando. Um homem gritou a distância "Aqui, já disse, seu imbecil, aí não!" Depois, ouviu uns passos e uma voz que se aproximavam, e Christo atendeu.

— Emma.

— Então já chegou. Não sabiam se você estava aí.

COM TODO AMOR

— Claro que estou aqui... vamos ensaiar dentro de cinco minutos... Recebeu meu cartão?

— Esta manhã.

— Ben o leu? (Era evidente que ele preferia que isso não tivesse acontecido.)

— Ben não está aqui. Está na América. Pensei que você soubesse.

— Como eu saberia?

— Está em todos os jornais.

— Os atores não lêem jornais, e quando o fazem, só lêem o *Stage*.* Mas já que o garotão está na América, por que você não me avisou e veio ficar comigo?

— Por mil razões.

— Diga duas.

— Bem, ele pretendia ficar duas semanas no máximo; e eu não sabia onde você estava.

— Eu lhe disse. Em Brookford.

— Eu nem sei onde fica Brookford.

— A trinta e cinco minutos de Londres; há trens para cá a cada meia hora. Venha. Fique comigo. Acabei de mudar-me para um apartamento sinistro, que fica num porão. Tem cheiro de coisa podre e de gatos velhos, mas é tão aconchegante.

— Não posso, Christo. Tenho de ficar aqui. Ben está para chegar a qualquer dia e...

— Você contou a ele que encontrou-me novamente?

— Não, não contei.

— Por que não?

— Não surgiu uma ocasião.

— Quer dizer que teve medo?

---

* Jornal inglês especializado em notícias teatrais. (N. T.)

95

— Não foi nada disso. Simplesmente era... irrelevante.

— Ninguém jamais chamou-me de irrelevante sem levar o troco. Ora, vem logo, patinha. Meu pequeno ninho no porão precisa do toque das mãos de uma mulher. Sabe como é, para fazer a limpeza e todas essas outras coisas.

— Não posso ir até Ben voltar para casa. Depois, vou fazer o possível.

— Então, será tarde demais. Eu já terei limpado tudo. Por favor. Eu lhe dou uma entrada grátis para o espetáculo. Ou melhor, duas entradas, você pode levar uma amiga. Ou três entradas e você traz todo mundo.

A voz dele dissolveu-se num riso alegre. Ele sempre ria de suas próprias piadas.

— Muito engraçadinho — retrucou Emma, mas ela também estava rindo.

— Você só está bancando a difícil. Não quis ficar comigo em Paris e nem viria manter minha casa nos confins de Surrey. O que preciso fazer para ganhar seu coração?

— Já o ganhou há muitos anos e o tem desde então. Verdade, estou louca para ver você. Mas não posso ir. Não posso mesmo sair daqui até Ben estar de volta.

Christo soltou um palavrão.

O telefone começou a fazer bip-bip-bip.

— Então é assim — falou Christo. — Avise-me quando se decidir. Até logo.

— Até logo, Christo. — Mas ele já desligara. Sorrindo como uma boba, relembrando cada palavra que ele dissera, colocou o telefone de novo no gancho. A gata ronronou em seus joelhos repentinamente e Emma percebeu que ela estava para gerar uma família a qualquer momento. Um velho entrou na loja para comprar cinqüenta gramas de fumo e, quando partiu, Emma segurou a gata e colocou-a

COM TODO AMOR

delicadamente no chão, procurando no bolso dinheiro trocado para pagar o telefonema.

— Quando devem nascer os gatinhos? — perguntou.

A velha que estava atrás do balcão chamava-se Gertie, e usava, tanto dentro como fora de casa, um enorme gorro marrom caído até as sobrancelhas.

— Só o tempo pode dizer, minha querida. — Colocou o dinheiro de Emma no seu cofre, que era uma lata velha, e entregou o troco para ela. — Só o tempo pode dizer.

— Obrigada por deixar-me usar seu telefone.

— É um prazer — respondeu Gertie que, sem o menor pudor, ouvia todas as conversas para repetir depois, palavra por palavra.

Em março, parecia ser verão. Agora, em maio, estava frio como em novembro e a chuva caía a cântaros. Ele jamais imaginara Porthkerris com chuva; sempre a imaginava pintada nos azuis brilhantes do verão, alegre com as asas brancas das gaivotas e dos iates, tudo fulgurante à luz ofuscante do sol. Mas agora as rajadas de água, trazidas por um vento leste cortante, batiam contra as janelas do hotel, soando como punhados de pedras sendo jogadas. As lufadas sacudiam os caixilhos e assobiavam sob as portas, desciam pelas chaminés, faziam as cortinas voarem, enregelantes e inevitáveis.

Era domingo, e Robert, estirado na cama, acabara de acordar. Olhou o relógio e constatou faltarem cinco minutos para as 15:00h; pegou então um cigarro, acendeu-o e permaneceu recostado, observando o céu cor de chumbo através da janela, esperando que o telefone tocasse, o que aconteceu exatamente às 15:00h. Pegou o fone.

97

ROSAMUNDE PILCHER

— São três horas, senhor — avisou o recepcionista.

— Muito obrigado.

— Tem certeza de que está acordado, senhor?

— Sim, estou acordado.

Terminou de fumar o cigarro, apagou-o e levantou-se, vestiu o roupão atoalhado branco e dirigiu-se para o banheiro para tomar uma ducha quente. Odiava dormir à tarde, odiava acordar com a sensação de que seus dentes estavam coçando e que estava a ponto de ter uma dor de cabeça lancinante, mas depois de dirigir a noite inteira desde Londres, teria sido impossível permanecer acordado. Almoçara mais cedo e pedira ao recepcionista para chamá-lo. Mas o vento, que aumentara enquanto ele dormia, acordara-o antes.

Vestiu-se, colocando uma camisa limpa, deu o nó na gravata, pegou o colete do terno mas, mudando de idéia, decidiu-se por uma suéter de gola pólo. Penteou os cabelos, transferiu suas coisas que estavam em cima da penteadeira para dentro dos bolsos das calças, pegou a capa de chuva pendurada atrás da porta e desceu.

A sala de recepção parecia pesada com o silêncio que reinava no meio da tarde. Hóspedes mais idosos ressonavam, roncando levemente devido ao aquecimento do ar. Golfistas frustrados observavam a chuva, fazendo retinir o dinheiro trocado que levavam nos bolsos, perguntando-se se o tempo melhoraria, se ainda daria tempo para nove buracos antes de escurecer.

O recepcionista pegou a chave de Robert e pendurou-a.

— Vai sair agora, senhor?

— Sim, e talvez você possa ajudar-me. Quero ir à ga-

COM TODO AMOR

leria da Sociedade dos Artistas. Acredito que seja uma construção antiga, reformada. O senhor tem idéia de onde fica?

— Fica na parte velha da cidade. O senhor conhece o caminho, não conhece?

— Conheço o Sliding Tackle — respondeu Robert, e o recepcionista sorriu. Gostava de homens que usavam os bares como pontos de referência.

— Bom... digamos que o senhor esteja indo para Sliding Tackle, mas entre na primeira rua antes de chegar lá. Subindo a partir do porto. É uma estradinha estreita, muito íngreme, e no final dela, existe uma pracinha. A galeria fica do outro lado da praça. Não dá para errar. Ela tem grandes *posters* do lado de fora... de maneira que ninguém possa deixar de vê-los...

— Bem, então terei de ver. Muito obrigado.

— Por nada. — O recepcionista abriu a porta giratória e Robert lançou-se no frio cortante que fazia do lado de fora. A chuva batia em sua cabeça desprotegida; ele se encolheu dentro da capa de chuva e foi pisando por entre os cascalhos, tentando evitar as poças piores. O interior do carro cheirava a umidade e mofo, um cheiro diferente do aroma normal de couro e cigarros. Ele girou a chave e o motor começou a rugir. Uma folha estava presa na lâmina do limpador de pára-brisa, mas quando o ligou, ela se deslocou e foi arrancada do vidro molhado pelo vento.

Dirigiu-se para a cidade, que estava deserta, abandonada, seus habitantes como que em estado de sítio, causado pelo tempo. Somente um policial ensopado cumpria seu dever, parado ao pé da colina, e uma senhora idosa lutava com o guarda-chuva. As ruas estreitas agiam como chaminés para o vento, que corria por elas, gelado e feroz como uma torrente de água, e quando ele chegou à estrada do porto, viu que a maré estava cheia, e as águas cinzentas e agitadas, semeadas de ondas debruadas de branco.

Encontrou a rua que o recepcionista descrevera. Subiu por ela, afastando-se do cais por entre os chalés lotados, os seixos molhados e brilhantes como escamas de um peixe recém-pescado. A rua subia a colina, abrindo-se em uma praça pitoresca, e ele viu a velha capela, um edifício sólido e obscuro, como fora descrito, com o *poster* na porta.

SOCIEDADE DOS ARTISTAS DE PORTHKERRIS
EXPOSIÇÃO DA PRIMAVERA
Entrada — $ 5.00

Abaixo dele, um estranho motivo pintado em púrpura — a sugestão de um olho que fixava as pessoas e uma mão com seis dedos. Robert concluiu que podia muito bem entender o ponto de vista do recepcionista.

Estacionou o carro, subiu os degraus encharcados, passou pela porta e foi imediatamente atingido pelo odor de uma lâmpada de parafina. Viu que a velha construção fora pintada de branco, as paredes elevadas até altas janelas particulares e cobertas profusamente com todo tipo e tamanho de pinturas.

Logo à entrada da porta, estava sentada uma senhora, com um chapéu de feltro e as pernas cobertas por uma manta. De um de seus lados, havia uma mesa de madeira, com os catálogos e uma vasilha para o dinheiro, e do outro, um aquecedor de parafina, onde ela procurava aquecer as mãos, cobertas com luvas roxas.

— Oh, feche a porta, feche a porta — implorou quando do Robert entrou trazendo consigo uma lufada de vento frio. Obedientemente, Robert encostou-se contra a porta,

COM TODO AMOR

fechando-a ao mesmo tempo em que procurava nos bolsos traseiros das calças as duas coroas e meia da entrada. — Que dia mais frio — acrescentou ela — e pensar que estamos no verão. O senhor é meu primeiro visitante desta tarde. É um visitante, não é? Nunca vi seu rosto pelos arredores.

— Não, nunca estive aqui antes.

— Temos uma coleção muito interessante; o senhor vai querer um catálogo, é claro. Mais meia coroa, por favor. Acho que concordará comigo que valerá a pena.

— Obrigado — agradeceu Robert, em tom baixo.

Pegou o catálogo, decorado com o mesmo motivo mão-e-olho roxo do *poster* da entrada e abriu-o ao acaso, passando os olhos pela lista de artistas, buscando o nome que desejava ver.

— Ahn... algum artista em particular? — a mulher da entrada tentou parecer discreta, mas havia um brilho inquisidor em seu olhar.

— Não... não exatamente.

— Interessado no geral, imagino. O senhor está hospedado em Porthkerris?

— Estou... — Começou a afastar-se dela. — Por enquanto, estou.

Caminhou lentamente, passeando pela longa sala, fingindo interesse por cada quadro. Encontrou o nome, Pat Farnaby. Número 24. *A Jornada*, de Pat Farnaby. Parou durante um longo tempo diante do número 23, e depois continuou novamente.

As cores assaltaram-no. Havia uma sensação de grande altura, de tontura, como uma vertigem. E ao mesmo tempo, um senso de liberação, como se ele estivesse acima das nuvens, preso, suspenso, entre o azul e o branco.

101

"Você precisa ir", dissera Marcus, "quero que forme sua própria opinião. Não pode continuar sendo o guarda-livros pelo resto de sua vida. Além disso, gostaria de ver sua reação."

E lá estava o quadro. A nota mais elevada e pura de simples cores.

Depois de algum tempo, voltou para a senhora persistente. Estava consciente de que ela o observara o tempo todo. Agora, pensou ele, ela tem os olhos brilhantes como um pássaro guloso, esperando sua migalha de pão.

— Aquela é a única amostra de Pat Farnaby?

— Lamento, mas é. Foi a única obra que conseguimos persuadi-lo a nos deixar exibir.

— Ele mora por aqui, não é?

— Oh, sim. Em Gollan.

— Gollan?

— Fica a uns noventa quilômetros daqui, saindo da estrada de urzes. É uma fazenda.

— Quer dizer que ele é fazendeiro?

— Oh, não — ela riu. *Felizmente*, pensou Robert, como se ela estivesse seguindo a direção de uma peça teatral fora de moda. — Ele vive num sótão em cima do celeiro. Tome — pegou um pedaço de papel e escreveu um endereço. — Se quiser vê-lo, tenho certeza de que o encontrará aqui.

Ele pegou o papel. — Muito obrigado. — E dirigiu-se para a porta.

— Mas o senhor não quer ver o resto da exposição?

— Outro dia, talvez.

— É tão *interessante* — ela falou como se seu coração fosse partir se ele não olhasse mais alguns quadros.

— Sim, tenho certeza disso. Mas outra hora. — Foi nesse momento que ele pensou em Emma Litton. Com a

COM TODO AMOR

mão já na maçaneta, virou-se para a senhora. — A propósito, se eu quisesse encontrar a casa de Ben Litton... fica perto daqui? A casa, quero dizer, não o estúdio.

— Sim, é claro, fica logo depois da esquina. Aproximadamente a uns cem metros descendo a estrada. Tem um portão azul. É muito fácil encontrá-la. Mas o senhor sabe que o sr. Litton não está aqui?

— Sim, eu sei.

— Está na América.

— É, eu sei disso, também.

A chuva continuava a cair. Entrou outra vez no carro, ligou o motor e dirigiu-se para uma rua tão estreita como um beco. Quando chegou diante do portão azul, parou, estacionou o carro ocupando a rua inteira, entrou, subiu um lance de escadas que levava a um pátio maltratado onde havia algumas tinas com plantas quase afogadas, e um banco de madeira pintada, que se desintegrava lentamente naquela umidade. A casa em si era comprida e baixa, com um único andar, mas o telhado, desigual, com chaminés que não combinavam com ele, indicavam que anteriormente teriam sido dois chalés pequenos, ou talvez três. A porta da frente estava pintada também de azul para combinar com o portão, e a aldrava era um delfim de cobre.

Robert bateu, e nesse momento um jarro de água caiu do alto, de uma calha furada, em cima dele. Deu um passo para trás e olhou para cima, para ver de onde teria vindo aquela água, e nesse momento a porta foi aberta.

— Boa tarde — falou. — Sua calha está vazando.

— Mas, afinal, de onde você veio?

— Londres. Você devia mandar consertar; vai acabar enferrujando toda e depois não terá mais jeito.

— Você veio lá de Londres para me dizer isso?

— Não, claro que não. Posso entrar?

— Naturalmente... — Ela se afastou e manteve a porta aberta para que ele entrasse. — Mas você é mesmo um homem desconcertante. Desaparece sem dar a menor notícia.

— Como podemos dar-lhe notícias se você não tem um telefone? E não havia tempo para escrever uma carta.

— Veio por causa do Ben?

Robert entrou na casa, baixando a cabeça para não bater no portal, desabotoando a capa molhada.

— Não. Deveria?

— Pensei que ele tivesse voltado.

— Até onde sei, ele continua lagarteando ao sol maravilhoso da Virginia.

— E então?

Virou-se para encará-la. Ocorreu-lhe naquele instante que, de uma maneira estranha, ela era tão imprevisível quanto o tempo. Cada vez que a encontrava, parecia uma pessoa diferente. Hoje, estava usando um vestido de listras vermelhas e alaranjadas com longas meias pretas. Seu cabelo estava preso na nuca com um prendedor de tartaruga, e sua franja crescera. Estava comprida demais, caía por cima dos olhos fazendo com que ficasse meio estrábica. Enquanto Robert a observava, ela empurrou a franja para trás com as costas da mão. Era um gesto ao mesmo tempo defensivo e cândido, que a fazia parecer muito jovem.

Ele tirou o pedaço de papel do bolso e entregou-o a Emma, que o leu em voz alta.

COM TODO AMOR

— Pat Farnaby, Fazenda Gollan Home. — Olhou interrogativamente para ele. — Onde você arranjou isto?

— Com a mulher da galeria de arte.

— Pat Farnaby?

— Marcus está interessado.

— Por que ele mesmo não veio?

— Ele queria uma segunda opinião. A minha.

— E você formou alguma?

— É difícil dizer depois de ver somente uma única pintura. Pensei que talvez pudesse ver mais algumas.

Emma resolveu preveni-lo. — Ele é um jovem muito velho.

— Foi o que pensei. Sabe onde fica Gollan?

— Claro. Pertence ao sr. e sra. Stevens. Costumávamos fazer piqueniques nos penhascos no verão. Mas desde que voltei desta vez, ainda não fui até lá.

— Quer vir comigo agora? Para mostrar-me o caminho?

— E como chegaremos lá?

— O carro está aí fora. Vim dirigindo ontem à noite.

— Você deve estar exausto.

— Não, dormi um pouco.

— Onde está hospedado?

— No hotel. Pode vir comigo? Agora?

— É claro.

— Vai precisar de um casaco.

Emma sorriu para ele.

— Se puder esperar trinta segundos, eu pego um.

Quando ela saiu, ainda ouvindo seus passos no corredor sem tapetes, Robert acendeu um cigarro e ficou de pé, olhando em volta, intrigado não só pela forma estranha da casa, mas também porque ela representava o lado do-

105

ROSAMUNDE PILCHER

méstico desconhecido da personalidade violenta de Ben Litton.

A porta azul da frente levou-os diretamente para a sala de estar, com teto rebaixado e pouco iluminada. Havia uma janela enorme com uma vista para o mar, com seu peitoril profundo coberto por plantas caseiras — gerânios, hera e uma jarra vitoriana cheia de rosas cor-de-rosa. O assoalho era forrado de ardósia, possuía tapetes coloridos, e havia livros e revistas por toda parte e uma grande quantidade de cerâmica branca espanhola. O fogo crepitava numa lareira de granito, que brotava do chão, cercada de cestas de madeira úmida; sobre ela, estava pendurado o único quadro da sala.

Seu olho profissional percebera o fato no instante em que entrou na casa, mas aproximou-se para admirá-lo mais de perto. Era uma grande pintura a óleo de uma criança montada sobre um burrinho. Usava um vestido vermelho, levava um ramo de margaridas brancas, e sobre os cabelos escuros tinha uma guirlanda. O burrinho estava com as pernas enterradas até os joelhos na grama viçosa do verão, e ao fundo, o mar e o céu estavam inundados por uma névoa fina. Os pés nus da menina estavam pendurados e seus olhos claros ressaltavam no brilho moreno de seu rosto.

Emma Litton, feito por seu pai. Robert ficou imaginando quando teria sido pintado.

O vento surgiu novamente, com um súbito grito de bruxa, e lançou uma torrente de chuva na janela. Era um ruído assustador e ele percebeu que deveria ser muito solitário viver ali, e perguntou-se o que Emma descobriria para fazer num dia como aquele.

— Ora, limpo a casa, cozinho e faço compras. Tudo isso leva bastante tempo.

106

COM TODO AMOR

— E esta tarde? O que você estava fazendo quando eu bati na porta?

Emma puxou sua bota de borracha mais para cima.

— Estava passando roupa.

— E quanto às noites? O que você faz à noite?

— Geralmente, saio. Dou umas voltas por aí. Fico observando as gaivotas e os corvos-marinhos. Vejo o pôr-do-sol e pego madeira para o fogo.

— Sozinha? Você não tem amigos?

— Tinha, mas as crianças que moravam aqui, quando eu era pequena, cresceram todas e foram embora.

Aquela vida pareceu-lhe triste. Num impulso, Robert sugeriu: — Você devia voltar para Londres comigo. Helen adoraria se você fosse.

— É, eu sei que sim, mas agora acho que não valeria muito a pena, não é? Afinal, Ben está para voltar a qualquer momento. É só uma questão de dias.

Vestiu então o casaco. Era azul-marinho, e com as meias pretas e as botas de borracha, fazia com que parecesse uma estudante.

— Teve alguma notícia de Ben? — Robert perguntou.

— De Ben? Você deve estar brincando.

— Estou começando a desejar nunca ter sugerido que ele voltasse para a América.

— Por quê?

— Porque não parece justo com você.

— Oh, meu Deus, eu estou bem — sorriu. — Vamos, então?

A fazenda de Stevens ficava numa faixa estreita cercada de urzes que descia pelo penhasco, que, cinzento, coberto de liquens, afundava-se como um penedo na terra, parecia ser simplesmente mais um enorme pedaço de granito. A alameda que descia da estrada parecia estar cortada profundamente entre altas pedras cobertas de sebes, coroadas com tufos de estrepeiros e sarças. O carro saltava e sacudia enquanto descia a trilha, cruzou uma pequena ponte, passou pelos primeiros chalés, por um bando de gansos brancos, e finalmente chegou à fazenda, agitada pelos gritos estridentes de um galo.

Robert parou o carro e desligou o motor. O vento começava a desaparecer. A chuva parecia ter-se congelado em uma neblina marinha, espessa como fumaça. Ouviam-se vários ruídos de fazenda: vacas mugindo, galinhas cacarejando, as batidas distantes de um trator.

— E como vou encontrar esse homem? — perguntou Robert.

— Ele mora em um apartamento em cima daquele celeiro... é só subir aquelas escadas de pedra, que vai dar direitinho na porta dele.

Os degraus de pedra já estavam ocupados por algumas galinhas molhadas, ciscando para ver se encontravam algum grão que sobrara, e por um gato malhado com ar de tédio. Abaixo deles, na lama existente no pátio, uma porca enorme fuçava a terra. Havia um cheiro forte de esterco. Robert suspirou.

— Ai, as coisas que tenho que fazer, e tudo em nome da Arte. — Abriu a porta do carro e preparou-se para saltar. — Você quer vir?

— Acho que serei mais útil fora do caminho.

— Tentarei não demorar muito.

Emma ficou observando-o aproximar-se da casa, escolhendo cuidadosamente seu caminho por entre as poças de lama, afastar um porco com a ponta do pé, e subir cuidadosamente os degraus. Bateu na porta, mas como não

COM TODO AMOR

houve resposta, abriu-a e entrou. A porta fechou-se atrás dele. Quase que no mesmo instante, outra porta abriu-se, na fazenda desta vez, e a mulher do fazendeiro surgiu, de botas e capa de chuva até os tornozelos e um chapéu preto. Levava na mão uma espécie de cajado e veio para a horta, espiando através da chuva para ver quem estaria naquele grande carro verde.

Emma desceu o vidro da janela.

— Olá, sra. Stevens. Sou eu.

— Quem?

— Emma Litton.

A sra. Stevens soltou uma gostosa gargalhada de surpresa, deu um tapa em seu próprio quadril e botou a mão sobre o coração.

— Emma! Mas que surpresa você me fez! Não a vejo há não sei quanto tempo. O que está fazendo aqui?

— Vim com um senhor que quer ver Pat. Está lá em cima agora.

— Seu pai já voltou?

— Não, ele ainda está na América.

— Você continua sozinha, não é?

— Isso mesmo. Como está Ernie? — Ernie era o sr. Stevens.

— Está ótimo, mas teve de ir hoje à cidade para visitar o dentista, por causa da dentadura. É uma agonia, coitado, ele mal agüenta botá-la na boca. Por isso estou recolhendo as vacas para ele…

Num impulso, Emma disse: — Eu vou com você.

— Está chovendo muito.

— Estou de botas… além disso, gosto de caminhar. — Ela também gostava da sra. Stevens, uma mulher que man-

109

tinha-se imensamente alegre sob quaisquer circunstâncias. Subiram um degrau e saíram para os campos molhados.

— Você estava viajando, não estava? — perguntou a sra. Stevens. — É, foi o que pensei. Não sabia que tinha voltado. É uma pena que seu pai tivesse de ir assim, tão depressa. Mas acho que não se pode evitar, devido ao tipo de homem que ele é...

A entrevista com Pat Farnaby foi difícil — isso, para se dizer o mínimo. Era um jovem intenso, muito pálido e subnutrido, com uma cabeleira chocante cor de cenoura e uma barba combinando. Seus olhos eram verdes e desconfiados, como os de um gato faminto, e ele parecia estar muito sujo. Sua casa também era suja, mas como Robert já esperava por isso, ignorou completamente.

Mas o que ele não esperara era tal antagonismo. Pat Farnaby não gostava de estranhos entrando, sem ser convidados e sem se anunciarem, quando estava trabalhando. Robert desculpou-se, explicando que viera a trabalho, ao que o jovem simplesmente retrucara o que estava ele tentando vender.

Vencendo sua irritação, Robert tentou outra tática. Com alguma cerimônia, apresentou o cartão de Marcus Bernstein.

— O sr. Bernstein pediu-me para procurá-lo, talvez para ver seu trabalho, descobrir quais são seus planos...

— Não tenho qualquer plano — respondeu o artista. — Nunca faço planos. — Olhou o cartão como se estivesse contaminado e não pudesse ser tocado, de modo que Robert resolveu largá-lo sobre uma ponta da mesa entulhada de coisas.

110

COM TODO AMOR

— Vi seu quadro na galeria de Porthkerris, mas só havia uma obra lá.

— E daí?

Robert pigarreou, lembrando-se de que Marcus era infinitamente melhor para lidar com esse tipo de coisas, pois nunca perdia a paciência. Robert sabia que levava tempo para cultivar tal paciência. A sua já estava acabando, escapulindo como gordura por entre os dedos. Resolveu segurá-la mais um pouco.

— Gostaria de ver mais alguma coisa de sua obra.

Os olhos claros de Farnaby estreitaram-se ainda mais.

— Como me encontrou? — perguntou, como se se sentisse um criminoso encurralado.

— Deram-me o seu endereço na galeria. Emma Litton veio comigo para mostrar-me o caminho. Talvez a conheça.

— Já a vi por aí.

Pareciam estar andando em círculos, sem chegar a lugar algum. Durante o silêncio que se seguiu, Robert deixou seus olhos percorrerem aquele estúdio insípido. Havia somente alguns poucos sinais sórdidos de ser habitado por algum ser humano; uma cama, como um ninho em decomposição, uma frigideira suja, meias imundas de molho dentro de um balde com água, uma lata de feijões aberta, com a tampa levantada. Mas havia também muitas telas, arrumadas, espalhadas, soltas sobre as cadeiras, contra as paredes. Uma "caverna do tesouro" em potencial. Mais do que ansioso por inspecioná-las, afastou os olhos das mesmas para enfrentar novamente o olhar frio e estático do artista.

Finalmente, concluiu: — Sr. Farnaby, não tenho todo o tempo do mundo.

Posta em cheque, a resistência de Pat Farnaby desmoronou. Parecia, de repente, completamente inseguro. A ar-

111

rogância e a rudeza eram suas únicas defesas contra os ataques de um mundo mais sofisticado. Coçou a cabeça, franziu a testa, fez uma careta e, afinal, pegou uma tela ao acaso e colocou-a de frente para a luz.

—Tem esta aqui — falou inseguro, e postou-se ao lado de Robert que, neste momento, tirou um novo maço de cigarros do bolso, oferecendo-o ao jovem. No longo silêncio que se seguiu, Pat Farnaby afastou cuidadosamente o papel celofane, tirou um cigarro, acendeu-o e, depois, com movimentos suspeitos de quem não quer ser observado, enfiou o maço no bolso traseiro de sua calça.

Uma hora mais tarde, Robert voltou para o carro. Emma, que esperava por ele, viu-o descendo as escadas do celeiro e atravessar o pátio, evitando as poças. Inclinou-se para abrir a porta e, quando ele se sentou a seu lado, perguntou:
— Como se saiu?

— Acho que bem. — Parecia reticente, mas exultante.

— Ele mostrou-lhe sua obra?

— Quase toda.

— E é boa?

— Acho que sim. Podemos estar à beira de alguma coisa enormemente importante, mas está tudo em uma confusão tão grande que é difícil ter certeza. Não há nenhuma emoldurada, não existe a menor seqüência ou ordem...

— Eu estava certa, não estava? Ele é excêntrico mesmo?

— Louco. — Robert sorriu para ela. — Mas é um gênio.

Deu a volta com o carro no pátio e virou-o em direção à alameda que dava para a estrada. Ele assobiava baixinho através dos dentes e Emma sentiu, sob sua animação, a satisfação de um trabalho bem feito.

COM TODO AMOR

Então comentou: — Vai querer falar com Marcus agora.

— Eu disse que telefonaria imediatamente. — Afastou o punho da camisa do mostrador do relógio e olhou as horas. — Seis e quinze. Ele disse que esperaria na galeria até as sete e que depois iria para casa.

— Se quiser, pode me deixar no cruzamento e eu vou a pé para casa.

— E por que eu faria isso?

— Não tenho telefone e você vai querer voltar correndo para o hotel.

Ele sorriu. — Não é tão urgente assim. E se não fosse por você, com certeza eu ainda estaria procurando por Pat Farnaby. O mínimo que posso fazer é levá-la em casa.

Estavam agora na charneca, bem acima do mar. O vento melhorara consideravelmente, dirigindo-se para oeste, e à frente deles o céu parecia abrir-se e quebrar-se, deixando surgir inesperados retalhos azuis, que cresciam a cada momento e raios de sol semelhantes a dedos aguados. Emma falou: — Vai ser uma noite deliciosa — e quando pronunciou isso teve consciência de não querer que Robert voltasse para o hotel e a deixasse passá-la sozinha. Ele surgira inesperadamente naquele dia sombrio, dera-lhe forma e propósito, enchera-o do companheirismo, de uma aventura compartilhada, e ela não queria que isso terminasse.

— Quando vai voltar para Londres? — perguntou.

— Amanhã de manhã. Domingo. Volto para a galeria na segunda pela manhã. Foi um fim de semana cheio.

Então só haveria aquela noite. Ela imaginou-o telefonando para Marcus do telefone ao lado de sua cama. Depois tomaria um banho, talvez uma bebida, desceria para jantar. Nas noites de sábado, o The Castle oferecia pequenos jantares dançantes; havia uma banda vestida com ja-

113

quetas brancas e uma parte do salão era esvaziado para os hóspedes dançarem. Profundamente influenciada por Ben, Emma foi criada para encarar esse tipo de diversão como insuportavelmente afetado e aborrecido, mas naquela noite sentiu que seria divertido mandar as opiniões rígidas de Ben para o inferno. Ansiava pelas toalhas de mesa brancas e engomadas, as canções do ano anterior, o ritual do cardápio de vinhos e o encantamento oferecido pelas luzes rosa-pálido.

A seu lado, Robert falou de repente, interrompendo o fio de seus pensamentos.

— Quando seu pai pintou seu retrato no burrinho?

— Por que perguntou isso tão repentinamente?

— Estava pensando nele. É encantador. Você está com um ar solene e importante.

— Foi como me senti, solene e importante. Tinha seis anos e foi o único retrato que ele fez de mim. O burrinho chamava-se Mokey. Ele nos levava e trazia até a praia, carregado de cestas de piquenique e outras coisas.

— Você sempre morou no chalé?

— Nem sempre. Só desde quando Ben casou-se com Hester. Antes disso, costumávamos ficar em qualquer lugar — em pensões ou com amigos. Às vezes, acampávamos no estúdio. Era divertido. Mas Harriet disse que não tinha a menor intenção de viver como cigana, então comprou os chalés e reformou-os.

— Ela fez um bom serviço.

— É, ela era inteligente. Mas Ben nunca pensou naquela casa como um lar. Seu lar é o estúdio, e quando ele está em Porthkerris, passa o menor tempo possível no chalé. Penso que suas associações com Hester deixam-no ligeiramente aborrecido. Parece estar sempre esperando que

COM TODO AMOR

ela entre e diga que ele está atrasado para alguma coisa, ou que está sujando o assoalho de lama, ou que deixou cair tinta nas almofadas do sofá...

— O instinto criativo parece florescer na desordem.

Emma riu.

— Você acha que quando você e Marcus tornarem Pat Farnaby rico e famoso ele vai querer continuar convivendo com as galinhas da sra. Stevens?

— Temos de esperar para ver. Mas se ele for para Londres, sem a menor dúvida, alguém terá de lhe dar um banho e tirar a poeira de anos daquela barba medonha. Mesmo assim... — esticou-se com prazer, arqueando suas costas contra o encosto de couro — valerá a pena.

Já tinham chegado ao cume da colina e agora desciam a longa estrada que levava a Porthkerris. O mar, sob a luz daquela noite calma, tornara-se da cor daquele azul tranlúcido das asas de uma borboleta; a maré baixara, e a baía, em forma de arco, aparecia com sua faixa de areia recém-lavada. A chuva deixara tudo brilhante e fresco, e enquanto as charnecas e os campos ficavam para trás e eles desciam pelas ruas estreitas, Emma via janelas sendo abertas para receber o ar fresco da tardinha e sentia os cheiros das rosas e lilases vindos de jardins que pareciam ter o tamanho de pequenos selos.

Havia também outros aromas. Cheiros de noites de sábados, de peixe sendo frito, aromas baratos. E havia pessoas passeando pelas calçadas com suas melhores roupas, uma tal quantidade de visitantes de início do verão, e rapazes e moças de mãos dadas, dirigindo-se ao cinema e aos pequenos cafés que ponteavam a rua do porto.

Quando eram parados nos cruzamentos pelos guardas de trânsito, Robert observava-os.

115

—O que os jovens apaixonados fazem em Porthkerris nas noites de sábado, Emma?

—Depende do tempo.

O guarda acenou para que avançassem.

—O que vamos fazer? — perguntou Robert.

—Nós?

—Sim. Você e eu. Quer que eu a leve para jantar fora?

Durante um momento, Emma imaginou loucamente que teria pensado alto. — Bem... eu... você não precisa sentir-se na obrigação de...

—Não me sinto obrigado. Eu quero. Gostaria muito. Onde podemos ir? Ao hotel? Ou você odiaria isso?

—Não... é claro... que eu não odiaria...

—Talvez conheça algum restaurantezinho italiano divertido de que goste mais.

— Não existem restaurantezinhos italianos divertidos em Porthkerris.

—Não, foi o que pensei. Então vai ter de ser mesmo no campo com palmeiras e com aquecimento central.

—Eles têm uma orquestra lá — Emma sentiu-se compelida a preveni-lo. — Nas noites de sábado. E as pessoas dançam.

—Você faz parecer indecente.

—Pensei que talvez você não gostasse desse tipo de coisas. Ben detesta.

—Eu não detesto absolutamente. Como a maioria das coisas, pode ser muito divertido, se você estiver com a pessoa certa.

—Eu nunca pensei dessa forma.

Robert riu e olhou de novo para o relógio. — Seis e meia. Vou levá-la até sua casa, depois vou ao hotel trocar

COM TODO AMOR

de roupa e ligar para o Marcus, e voltarei para apanhá-la. Acha que às sete e meia estará pronta?

— Vou oferecer-lhe uma bebida — disse Emma. — Temos uma garrafa do genuíno uísque de centeio Uncle Remus que Ben ganhou há dez anos e que ainda não foi aberta. Sempre tive vontade de saber o que havia dentro.

Mas Robert não pareceu muito entusiasmado.

— Talvez seja melhor eu fazer um martini.

Chegando ao hotel, recebeu sua chave e três recados.

— Quando chegaram?

— As horas estão anotadas, senhor. Três e quarenta e cinco, cinco horas, e cinco e meia. São do sr. Bernstein, ligando de Londres. Disse que era para o senhor ligar para ele no momento em que chegasse.

— Eu ia mesmo fazer isso, mas obrigado.

Ligeiramente preocupado, pois tal impaciência não era normal em Marcus, Robert subiu para o quarto. Os vários telefonemas eram alarmantes. Será que Marcus teria ouvido rumores de que alguma outra galeria estivesse atrás do jovem artista? Ou, quem sabe, pensara diferentemente sobre a obra de Farnaby e desejava cancelar a coisa toda?

Em seu quarto, as cortinas tinham sido fechadas, as cobertas arrumadas, a lareira acesa. Sentou-se na cama, pegou o telefone e deu o número da galeria para a telefonista. Tirou os três recados que recebera do bolso e colocou-os em fila sobre a mesinha-de-cabeceira. "O sr. Bernstein pede que ligue para ele." "O sr. Bernstein telefonou, ligará mais tarde." "O sr. Bernstein..."

— Kent 3778. Galeria Bernstein.

— Marcus...

117

ROSAMUNDE PILCHER

— Robert, graças a Deus consigo falar com você finalmente. Recebeu meu recado?

— Recebi três. Mas eu disse que ligaria para falar sobre Farnaby.

— Não se trata de Farnaby. Isto é muito mais importante. Trata-se de Ben Litton.

Emma tinha um vestido, visto em Paris, extremamente caro, sonhado e finalmente comprado. Era negro, sem mangas e muito simples. "Mas quando vai usar um vestido desses?", perguntara madame Duprés, e Emma, embevecida com o encanto de sua posse, replicara: "Oh, qualquer hora. Em algum momento especial".

Mas a ocasião não surgira até aquela noite. Agora, com os cabelos presos no alto, brincos de pérolas nas orelhas, Emma enfiou o vestido cuidadosamente pela cabeça, puxou o fecho e apertou o cinto estreito, e seu reflexo no espelho reafirmou-lhe que aqueles milhares de francos haviam sido bem gastos.

Quando Robert chegou, ela estava na cozinha, lutando com uma bandeja de cubos de gelo para os martinis que ele prometera fazer. Ouviu o barulho do carro, o bater da porta, o portão aberto e fechado, e seus passos que corriam escadas abaixo; em quase pânico, ela jogou o gelo num prato de vidro e foi abrir a porta para ele, descobrindo que o dia triste transformara-se numa noite clara e perfeita, de um azul de águas-marinhas, salpicado de estrelas.

— Surpresa — ela saudou. — Que noite mais linda.

— Surpreendente, não é? Depois de todo aquele vento e chuva, Porthkerris está parecendo Positano. — Ele entrou e Emma fechou a porta. — Há até uma luz surgindo

118

COM TODO AMOR

sobre o mar para completar a ilusão. Só precisamos agora de uma guitarra e um tenor cantando "Santa Lucia".

— Talvez encontremos um.

Ele vestia um terno cinza-escuro, uma camisa engomada com colarinho impecável e punhos branquíssimos com abotoaduras de ouro aparecendo sob a manga. Seus cabelos castanhos tinham sido domados mais uma vez e cuidadosamente escovados, e sentia-se à sua volta um odor ácido de limão da loção após barba.

— Você ainda quer fazer um martini? Já estou com tudo pronto, só estava tentando pegar o gelo... — Ela voltou para a cozinha, elevando a voz para que fosse ouvida através da porta aberta. — O gim e o martini estão em cima da mesa; o limão também. Ah, e você vai precisar de uma faca para cortar o limão.

Abriu uma gaveta e encontrou uma, pontuda e muito afiada, e levou-a para a sala juntamente com a vasilha com gelo. — Que pena que Ben não esteja aqui. Ele adora martini, só que nunca se lembra das proporções exatas e fica sempre com limão demais...

Robert não disse nada. Emma reparou então que ele não fizera nenhum esforço para ficar à vontade. Não começara a providenciar as bebidas, nem mesmo acendera um cigarro, e isso era bastante incomum, pois normalmente, era o homem mais relaxado e descontraído. Mas naquele momento, havia um claro constrangimento em suas atitudes, e Emma, já com o coração apertado, imaginou se já estaria arrependido da noite que iriam passar juntos.

Emma colocou o limão ao lado dos copos vazios, disse a si mesma que estava imaginando coisas, olhou para ele sorrindo e indagou: — Do que mais você precisa agora?

119

—Não preciso de mais nada —disse Robert, e colocou as mãos nos bolsos das calças.

"Este não é um gesto de um homem que está para fazer um martini." Na lareira, uma acha em brasa estalou e partiu-se, lançando fagulhas para todo lado.

Talvez tivesse sido o telefonema que o aborrecera.

—Você falou com Marcus?

—Sim, falei. Na realidade, ele estava tentando falar comigo a tarde toda.

—E, naturalmente, você não estava. Ele ficou contente quando você falou sobre Pat Farnaby?

—Ele não estava telefonando por causa do Farnaby.

—Não estava? —subitamente, ela teve medo. —Recebeu notícias ruins?

—Não, é claro que não, mas você pode não gostar muito. É sobre seu pai. Ele ligou para Marcus esta manhã dos Estados Unidos. Queria que Marcus lhe dissesse que ontem, em Queenstown, ele e Melissa Ryan casaram-se.

Emma percebeu que ainda segurava a faca, que ela estava muito afiada e que poderia cortar-se com ela; então, depositou-a cuidadosamente ao lado do limão...

"Casaram-se." A palavra conjurou uma imagem histérica de um casamento; de Ben com uma flor branca na lapela de sua jaqueta de veludo amarrotada; de Melissa Ryan em seu conjunto de lã rosa, com um véu branco, os dois cobertos de confete; de sinos alucinados da igreja, lançando sua mensagem pelos campos verdejantes da Virginia que Emma nunca vira. Parecia um pesadelo.

Compreendeu que Robert Morrow continuava falando, com sua voz suave e calma...

—Marcus sente que, de alguma maneira obscura, a culpa é dele. Porque pensou que a exposição particular se-

COM TODO AMOR

ria uma boa idéia e porque estava com eles em Queenstown. — Ele viu-os juntos o tempo todo, mas nunca imaginou que aquilo pudesse acontecer.

Emma lembrou-se da descrição feita por Marcus da linda casa, viu Ben aprisionado pelo dinheiro de Melissa, um tigre enjaulado com todos os seus impulsos criativos amansados pelo luxo; e lembrou-se que subestimara Melissa Ryan, imaginando que Ben desistiria por ter de lutar pelo que queria. Não percebera o quanto ele queria aquilo.

Repentinamente, ela ficou zangada.

— Ele jamais deveria ter ido para a América. Não havia necessidade. Ele simplesmente queria ser deixado em paz para continuar com sua pintura.

— Emma, ninguém obrigou-o a ir.

— Não que eu pense que esse casamento vai durar. Ben nunca foi fiel a uma mulher por mais de seis meses, e não consigo ver Melissa Ryan suportando isso.

Robert retrucou suavemente: — Talvez dessa vez dê certo e dure bastante.

— Mas você os viu juntos na noite em que se conheceram. Não conseguiam tirar os olhos um do outro. Se ela fosse velha e feia, nada o teria arrastado de Porthkerris.

— Mas ela não é nem velha nem feia. Ela é muito linda, bastante inteligente e muito rica. E se não tivesse sido Melissa Ryan, muito em breve teria sido outra pessoa, e o que é mais... — completou, rapidamente, antes que Emma interrompesse — ... você sabe tão bem quanto eu que é verdade.

— Mas, pelo menos, nós teríamos passado mais do que um mês juntos — ela respondeu amargamente.

Sem mais argumentos, Robert sacudiu a cabeça.

— Oh, Emma, deixe-o ir.

Seu tom enfureceu-a mais ainda.

121

— Ele é meu pai. O que há de errado em eu querer ficar com ele?

— Ele não é um pai, mais do que um marido, ou amante, ou amigo. É um artista. Como aquele maníaco que fomos ver esta tarde é um artista. Não tem tempo para nossos valores ou padrões. Tudo e todos os outros têm de vir em segundo lugar.

— *Segundo lugar? Eu não me importaria de vir em segundo, terceiro ou quarto lugares. Mas sempre fui a última de uma grande lista de prioridades. Sua pintura, seus romances, sua perpétua atração em viajar pelo mundo todo; até o Marcus e você são mais importantes para Ben do que eu sempre fui.*

— Então deixe-o em paz. Pense em outra coisa, para variar. Desista de tudo isso, deixe tudo para trás. Arranje um emprego.

— Já fiz todas essas coisas. Tenho feito isso nos últimos dois anos.

— Então volte para Londres comigo amanhã e fique com Marcus e Helen. Isso a afastará de Porthkerris, dar-lhe-á um tempo para acostumar-se com a idéia de Ben estar casado de novo, decida o que quer fazer em seguida.

— Talvez eu já tenha decidido.

A idéia estava lá, no fundo da sua mente. Como que observando o palco giratório do auditório escuro de um teatro. Uma cena desaparece e um novo cenário surge lentamente no palco. Um ambiente diferente. Outro aposento, talvez. Outra vista de outra janela.

— Mas eu não quero ir para Londres.

— E esta noite?

Emma franziu a testa. Tinha esquecido.

— Esta noite?

— Nós vamos jantar juntos.

COM TODO AMOR

Sentiu que não poderia suportar aquilo.

— Na verdade, eu prefiro não...

— Vai fazer-lhe bem.

— Não, não vai. E estou com dor de cabeça... — Era uma desculpa, uma invenção e foi com surpresa que descobriu ser verdade. Uma dor que parecia o início de uma enxaqueca, seus olhos pareciam estar sendo puxados por arames pela parte de trás da cabeça; só de pensar em comida, frango com molho, sorvete, dava-lhe náuseas. — Não poderia ir. Não poderia.

Robert replicou gentilmente: — Mas isso não é o fim do mundo. — E esse antigo clichê, feito para confortar, era mais do que Emma poderia suportar. Para seu horror, começou a chorar. Cobriu o rosto com as mãos, pressionando os dedos no couro cabeludo, tentando parar, sabendo que chorar fá-la-ia sentir-se pior, que ficaria cega de dor, que ficaria doente...

Ela ouviu-o dizer seu nome e, com duas passadas, ele cobriu o espaço existente entre os dois, passou os braços à sua volta, acalentando-a, deixando que suas lágrimas inundassem as lapelas cinzentas imaculadas de seu terno caro. E Emma nem tentou afastar-se, mas permaneceu quieta, apertando-se contra ele em sua própria tristeza, rígida, sem responder, e odiando-o por ter feito aquilo com ela.

7

Jane Marshall, cuja mão curvava-se em torno de um copo pela metade de uísque com gelo, perguntou: — ... E o que aconteceu então?

— Nada aconteceu. Ela não quis sair comigo para jantar, parecia que estava prestes a ter uma crise de nervos, então coloquei-a na cama, dei-lhe uma bebida quente e uma aspirina, depois voltei para o hotel e jantei sozinho. Então, na manhã seguinte, no domingo, fui até o chalé despedir-me antes de voltar para Londres. Ela estava de pé e pronta, um pouco pálida, mas parecia estar bem.

— Tentou de novo trazê-la com você?

— Sim, tentei, mas ela foi peremptória. Então despedimo-nos e eu a deixei. E desde então, nem mais uma palavra.

— Mas, com certeza, você pode descobrir onde ela está.

— Não há como descobrir. Não existe telefone lá, nunca houve. Marcus escreveu, é claro, mas Emma parece ter herdado a aversão de Ben por responder cartas. Não houve mais nenhuma palavra.

— Mas é uma loucura. Atualmente, e com essa idade... deveria haver alguém que pudesse dizer-lhe...

— Não há ninguém. Emma jamais conversou com alguém. Não havia uma faxineira que viesse diariamente limpar a casa, ela fazia tudo sozinha. Esse foi o grande motivo de ela ter voltado para Porthkerris; em primeiro lugar, para poder manter a casa para Ben. Naturalmente, depois de

COM TODO AMOR

duas semanas de um silêncio gelado, Marcus não agüentou mais e deu um telefonema para o proprietário de Sliding Tackle, que é o *pub* que Ben costumava freqüentar, mas Ben viajara há seis semanas e Emma jamais aproximou-se do local.

— Então você terá de voltar a Porthkerris e perguntar por lá.

— Marcus não está preparado para fazer isso.

— Por que não?

— Por vários motivos. Emma não é uma criança. Ela está ferida e Marcus respeita o fato de ela querer ficar sozinha, e daí não ter ele o direito de interferir. Convidou-a a vir a Londres para viver com Helen e com ele... pelo menos até ela encontrar seu chão, novamente. Não há mais nada que possa fazer. E existe ainda outro motivo.

— Eu sei — interveio Jane. — É Helen, não é?

— Sim, é — Robert odiou ter de admitir. — Helen sempre ressentiu-se da influência que Ben possui sobre Marcus. Houve momentos em que ela teria preferido ver Ben no fundo do mar. Mas aceitava porque era obrigada, porque ser ama-seca de Ben era parte da função de Marcus, e que sem Marcus para mantê-lo mais ou menos na linha só Deus sabe o que teria acontecido com Ben Litton.

— E agora ela não quer que ele comece a matar-se por Emma.

— Exatamente.

Jane sacudiu seu copo e perguntou: — E você?

Ele levantou os olhos.

— O que tem eu?

— Sente-se envolvido?

— Por que pergunta isso?

— Parece estar envolvido.

125

— Eu mal conheço a garota.

— Mas está preocupado com ela.

Ele pensou um pouco.

— Sim — anuiu finalmente. — Sim, suponho que esteja. Só Deus sabe por quê.

Seu copo estava vazio. Jane levantou-se para servir-lhe outro uísque. Atrás dele, ocupada com o gelo, falou: — Por que não vai a Porthkerris descobrir?

— Porque ela não está lá.

— Não está...? Você sabe? Mas não me disse isso.

— Depois daquele telefonema inútil para o Sliding Tackle, Marcus ficou preocupado. Ligou para a polícia local e eles descobriram alguns fatos, e nos chamaram. O chalé e o estúdio estavam fechados, o correio recebeu orientação de que deveria guardar a correspondência até notícias posteriores. — Esticou o braço para pegar por trás do sofá a bebida gelada que Jane lhe preparara. — Obrigado.

— E o pai dela? Ele sabe?

— Sim, Marcus escreveu-lhe contando. Mas não se pode esperar que Ben fique profundamente emocionado. Afinal de contas, ele ainda se encontra no auge do que seria virtualmente uma lua-de-mel, e Emma tem viajado por toda a Europa sozinha desde os 14 anos. Não se esqueça de que este não é um relacionamento normal entre pai e filha.

Jane suspirou.

— Não é, com toda certeza.

Robert sorriu para ela. Era uma pessoa equilibrada e foi por esse motivo que, num impulso, ele passara para tomar uma bebida com ela, a caminho de casa, na volta do trabalho. Geralmente, a vida dupla que levava com Marcus Bernstein, trabalhando com ele na galeria, e também vivendo na mesma casa, não oferecia qualquer tensão. Mas

COM TODO AMOR

no momento, as coisas andavam difíceis. Robert voltara de uma viagem de negócios a Paris, para encontrar Marcus estressado, incapaz de concentrar-se por muito tempo em qualquer coisa que não fosse Emma Litton. Depois de discutir com ele, Robert descobriu que Marcus culpava-se pelo que acontecera e recusava-se a ser convencido de não ter culpa. Helen, por outro lado, não simpatizava nada com aquilo, e concluiu que ele não deveria deixar-se envolver mais profundamente em toda aquela história triste e, em determinado momento, as tensões quase que os sufocaram, e desmancharam o acordo de Milton Gardens de alto a baixo.

A situação não melhorava com o clima. Depois de uma primavera gelada, Londres fora subitamente envolvida na angústia de uma verdadeira onda de calor. O nascer do dia era envolvido por uma neblina cor de pérola, que se dissolvia gradativamente, dia após dia, sob um sol escaldante. As moças iam para o trabalho com vestidos sem mangas, os homens abandonavam seus paletós e sentavam-se às mesas em mangas de camisa. Os parques, na hora do almoço, estavam cheios de gente reclinada fazendo piqueniques; lojas e restaurantes abriam toldos listrados, janelas eram escancaradas à menor brisa; nas ruas, carros estacionados assavam, as calçadas refulgiam e o pixe derretido grudava-se nas solas dos sapatos.

O calor invadira, como uma epidemia monstruosa, até os recessos calmos e verdes como um lago da galeria Bernstein. Durante todo o dia, havia um desfile interminável de visitantes e clientes em perspectiva, pois começara a "estação transatlântica", e esta sempre era a época mais movimentada do ano. E ao final de cada dia, Robert ansiava, enquanto dirigia para casa, por um rosto fresco, uma bebida gelada e

127

alguma conversa que não tivesse nada a ver com artistas, fossem eles renascentistas, impressionistas ou pop.

Jane Marshall veio-lhe imediatamente à mente.

Sua casinha ficava numa ruela estreita, entre Soane Square e Pimlico Road. Entrou com o carro na rua, devagar por sobre os cascalhos, deu uma buzinada dupla, ela apareceu na janela aberta do andar superior, com as mãos no peitoril, seus cabelos claros caindo sobre o rosto, enquanto debruçava-se para ver quem era.

— Robert! Pensei que ainda estivesse em Paris!

— Estava, até dois dias atrás. Será que você tem alguma coisa parecida com um copo longo bem gelado de alguma bebida alcoólica para um trabalhador exausto?

— Claro que tenho. Espere. Vou descer para abrir a porta.

Sua casinha minúscula sempre o encantara. Originalmente chalé de um cocheiro, possuía uma escada íngreme e estreita, que levava diretamente ao primeiro andar, onde havia um largo corredor, uma sala de estar e uma cozinha, e, no andar de cima, no sótão com teto inclinado, ficavam seu quarto e o banheiro. No estado original, era bastante inadequado, mas, desde que ela começara a trabalhar com decoração de interiores, a casa tornou-se muito agradável. Ela transformara a sala de estar num ambiente de trabalho, mas os sacos de fazendas, as franjas, as almofadas e as pequenas peças do quebra-cabeça que escolhera de maneira tão interessante enchiam cada canto disponível de espaço, o resultado alegre e colorido como uma colcha de retalhos.

Estava encantada por vê-lo. Passara a manhã com uma mulher aborrecida que queria toda a sua casa em St. John's Wood decorada em creme, o que ela chamava de "redecoração em magnólia". Depois tivera uma sessão com

COM TODO AMOR

uma jovem atriz em ascensão, que exigia alguma coisa fulgurante para seu novo apartamento.

— Ela ficou aqui sentada durante horas, mostrando-me as fotos do tipo de coisa que tinha em mente. Tentei dizer-lhe que ele deveria contratar um trator, não uma decoradora de interiores, mas ela não me ouvia. Essa gente nunca ouve. Uísque?

— Essa é a coisa mais agradável que alguém me disse hoje — respondeu Robert, despencando sobre o sofá que ficava diante da janela aberta.

Ela serviu dois copos, pegou cigarros e um cinzeiro, e depois sentou-se comportadamente de frente para ele. Era uma moça muito bonita. Seus cabelos louros eram lisos e espessos, cortados na altura do queixo. Os olhos eram verdes, o nariz arrebitado, a boca suave, mas implacável. O fim de seu casamento deixara certas cicatrizes em seu caráter e nem sempre era a criatura mais tolerante do mundo, mas tinha uma objetividade que ele julgava ser tão refrescante quanto um gole de água gelada — e ela sempre parecia deliciosa.

Depois de um instante, ele falou: — Vim aqui com o desejo expresso de não falar de negócios. Mas como começarmos a falar de Ben Litton?

— Eu toquei no assunto. Estava intrigada. Toda vez que via Helen, ela deixava escapar alguns dados enlouquecedores e depois recusava-se a dizer mais. Ela se preocupa muito com isso, não é?

— Só porque, atualmente, Ben Litton deixou o pobre do Marcus duro.

— Ela conhece Emma?

— Não a vê desde que ela foi para a Suíça, há seis anos.

— É difícil — comentou Jane — ser justa com uma pessoa que você não conhece muito bem.

— Às vezes é difícil ser justo mesmo que conheça. E agora... — inclinou-se para apagar o cigarro — vamos parar de falar nesse assunto e fazer um acordo tácito de não mencioná-lo novamente. Você vai fazer alguma coisa esta noite?

— Nadinha.

— Então, que tal tentarmos descobrir um lugar com um jardim suspenso ou um terraço e jantarmos tranqüilamente juntos?

— Gostei da idéia — replicou Jane.

— Vou ligar para Helen para avisar que não vou voltar...

— Nesse caso... — Jane levantou-se — vou tomar um banho e trocar de roupa. Não demoro nada.

— Não tenho a menor pressa.

— Fique à vontade... sirva-se de outra bebida. Há cigarros aqui e um jornal da tarde em algum lugar, se se der ao trabalho de procurar...

Ela subiu as escadas. Ele ouvia seus movimentos de um lado para o outro, os saltos altos batendo no assoalho polido. Ela cantava meio sem fôlego, ligeiramente fora do tom. Largou o copo, foi para a sala e procurou, até encontrar o telefone no chão, embaixo de uma pilha de *chintz* estampados de flores, e ligou para Helen para dizer que não iria jantar em casa. Então, voltou para servir-se do terceiro drinque da noite e afrouxou a gravata, esparramando-se mais uma vez sobre o sofá.

O uísque reanimara-o ligeiramente, e sob seu efeito, de gosto seco e gelado, seu cansaço transformou-se de uma fadiga de fim de dia numa lassidão agradável. A ponta do

COM TODO AMOR

jornal surgiu sob uma manta e ele puxou-o, vendo então que não se tratava do *Evening Standard*, e sim do *Stage*.

— Jane.

— Olá!

— Não sabia que comprava o *Stage*.

— Não compro.

— Mas ele está aqui.

— Está? — Não pareceu particularmente interessada.

— Dinah Burnett deve tê-lo esquecido aí. Sabe, a atriz que precisa de um trator.

Ele abriu-o ao acaso. "Precisa-se de uma dançarina toda redonda." Por que precisa ser toda redonda? Por que não pode ser toda quadrada? "Ligue para mim."

Virou para a página de repertórios. Estavam apresentando Shakespeare em Birmingham, uma nova apresentação em Manchester e em Brookford havia a estréia de uma peça nova...

Brookford.

O nome saltou da página em sua direção como uma bala. Brookford. Sentou-se direito, arrumou a folha do jornal e leu todo o artigo.

"A temporada teatral de verão de Brookford inicia-se esta semana com a estréia mundial de *Daisies on the Grass*, uma comédia em três atos, da dramaturga da região, Phyllis Jason. Uma peça leve mas muito bem construída, estrelada pela atriz Charmian Vayghan, no papel de Stella. Os outros papéis são coadjuvantes, mas John Rigger, Sophie Lambart e Christopher Ferris ajudam a preservar o suspense da história até seu clímax, e Sarah Rutherford está encantadoramente natural como a noiva. A direção de Tommy Childer é firme e vigorosa, e o cenário, do grande cenógrafo Brian Dare, evocou aplausos espontâneos da entusiasmada platéia que se encontrava presente na primeira noite."

Christopher Ferris.

Abandonou o jornal cuidadosamente dobrado sobre a mesinha, pegou um cigarro e acendeu-o. Christopher Ferris. Esquecera-se de Christopher.

Mas agora, em meio a uma confusão de lembranças, escutou a voz de Emma naquele primeiro dia, quando a levara para almoçar no Marcello's.

"Você soube do Christopher? Pois Christopher e eu nos encontramos de novo, por acaso, em Paris. E ele acompanhou-me esta manhã até Le Bourget."

E lembrou-se também que, estando sentado em frente a ela, do outro lado da mesa, sentiu-se subitamente esperto, ao descobrir o motivo de seu sorriso, do florescimento de sua pele e do brilho de seus olhos.

E que mais tarde, naquele estúdio varrido pelo vento em Porthkerris, o nome de Christopher veio novamente à baila, como que por acaso, encaixado entre outros assuntos mais importantes. "Ele deve estar em Brookford agora", Emma dissera. "No auge dos ensaios."

Robert levantou-se e encaminhou-se para o pé da escada.

— Jane.

— Sim.

— Falta muito para ficar pronta?

— Estou acabando de me maquilar.

— Onde fica Brookford?

— Em Surrey.

— Quanto tempo levaríamos para chegar lá?

COM TODO AMOR

— Em Brookford? Aproximadamente uns cinqüenta minutos.

Ele olhou o relógio. — Se sairmos imediatamente, ou logo que pudermos... não chegaríamos atrasados.

Jane apareceu no alto das escadas, com um espelho numa das mãos e um pincel de delineador na outra.

— Atrasados para o quê?

— Nós vamos ao teatro.

— Pensei que fôssemos jantar fora.

— Mais tarde, talvez. Mas, antes, vamos a Brookford, para ver uma comédia leve e bem construída, chamada *Daisies on the Grass...*

— Você ficou maluco?

— ... da dramaturga da região, Phyllis Jason.

— Você ficou maluco.

— Explico tudo pelo caminho. Seja boazinha e apresse-se.

Enquanto percorriam a M4, Jane falou: — Quer dizer que ninguém sabe sobre esse jovem, exceto você?

— Emma não contou nada a Ben, porque ele nunca gostou de Christopher, mesmo; Helen diz que ele tem ciúmes do rapaz.

— E Emma não contou a Marcus Bernstein?

— Acho que não.

— Mas contou a você.

— Sim, ela me contou. Contou-me naquele primeiro dia. E não consigo imaginar por que diabos não me lembrei dele antes.

— Ela está apaixonada por ele?

— Não saberia dizer. Mas gosta muito dele, com certeza.

— Acha que vamos encontrá-la em Brookford?

133

— Se não encontrarmos, aposto o que quiser que Christopher Ferris sabe onde ela está. —Jane não replicou. Depois de um tempo, ele acrescentou, com os olhos ainda fixos na estrada: — Desculpe tudo isso. Prometi que o assunto não viria mais à tona e aqui estou eu, arrastando você para os recônditos mais sombrios de Surrey.

— Por que está tão ansioso por encontrar Emma? — Jane perguntou.

—Por causa do Marcus. Gostaria que Marcus pudesse ficar tranqüilo.

— Entendi.

— Porque se Marcus estiver tranqüilo, então Helen poderá relaxar e a vida será muito mais confortável para todos nós.

— Bom, é bastante justo... Olhe, acho que você tem de virar aqui.

Foi um pouco difícil encontrar o Teatro de Repertório de Brookford. Subiram e desceram a High Street várias vezes, e depois pediram informação a um policial com ar de cansado, em mangas de camisa, que mandou que seguissem por mais uns 800 metros a partir do centro da cidade, depois entrassem numa viela, subissem a um beco sem saída, onde encontrariam um enorme edifício de tijolos, mais parecido com uma igreja missionária do que com qualquer outra coisa, a não ser pela palavra "teatro", escrita acima da porta em letras de néon, amortecida pelas luzes daquela noite quente.

Do lado de fora, viam-se alguns carros estacionados à beira da calçada, e ao lado deles duas meninas sentadas com os pés sobre o bueiro brincavam com um carrinho quebrado.

Um grande pôster dizia:

COM TODO AMOR

ESTRÉIA MUNDIAL
DAISIES ON THE GRASS
de PHYLLIS JASON
Uma Comédia em Três Atos
Produzida por
TOMMY CHILDERS

Jane ficou observando a fachada não muito promissora.

— Deve ser uma obra muito importante.

Robert segurou-a pelo cotovelo.

— Vamos entrando.

Subiram um lance de degraus de pedra e entraram numa pequena sala de espera, com um quiosque de cigarros de um dos lados e uma bilheteria do outro, dentro da qual estava sentada uma moça tricotando.

— Lamento, mas o espetáculo já começou — disse ela quando Robert e Jane apareceram do outro lado do vidro.

— Sim, foi o que pensamos. Mas queremos comprar duas entradas assim mesmo.

— De que preço?

— Oh... bem... na orquestra.

— Custa quinze *shillings*. Mas terão de esperar até o segundo ato.

— Existe algum lugar onde pudéssemos beber alguma coisa?

— O bar lá em cima.

— Muito obrigado. — Ele pegou os bilhetes e o troco.

— A senhorita deve conhecer todas as pessoas que trabalham aqui.

— Conheço sim...

— Christopher Ferris...

135

— Ah, ele é seu amigo?

— É o amigo de uma amiga. Gostaria de saber se a irmã dele está aqui... quer dizer, é irmã de criação. Emma Litton.

— Emma trabalha aqui.

— Ela *trabalha* aqui? No teatro?

— Isso mesmo. Como assistente do diretor de palco. A garota que trabalhava no lugar teve uma crise de apendicite e precisou afastar-se, e Emma disse que poderia nos ajudar. É claro que — sua voz tornou-se o que ele julgava ser profissional — ... o sr. Childers geralmente prefere empregar alguém que tenha alguma experiência de palco, um profissional, ou que tenha trabalhado em palco em algum outro lugar, para que possa representar em alguns papéis pequenos. Mas como ela estava aqui e não tinha nada para fazer, deixou-a ficar com o emprego. Só até a garota poder voltar.

— Entendo. E acha que vamos poder vê-la?

— Bom, mas só depois do espetáculo. O sr. Childers não permite que ninguém vá até as coxias não antes de a peça acabar.

— Está bem. Podemos esperar. Muito obrigado.

— De nada. Foi um prazer.

Subiram para outra sala de espera, maior do que a primeira, onde havia um bar no canto, e sentaram-se lá, bebendo e conversando com o *barman*, até que o som de aplausos discretos anunciou o fim do primeiro ato. As luzes foram acesas, as portas abriram-se e um pequeno grupo de pessoas surgiu para esticar um pouco as pernas durante o intervalo. Jane e Robert esperaram até ouvir o primeiro sinal e diri-

136

COM TODO AMOR

giram-se então para a platéia, compraram dois programas no caminho e foram para seus lugares, guiados por uma jovem ansiosa, vestida com uma espécie de macacão de náilon. O público daquela noite era pequeno, e Jane e Robert eram as duas únicas pessoas sentadas na terceira fila. Jane olhou em volta com olhos profissionais.

— Acho que isso aqui já foi uma igreja — vaticinou. — Ninguém construiria uma coisa tão feia dessas para um teatro. Mas devo dizer que a reforma foi feita com bastante imaginação e que a iluminação e as cores são boas. É uma pena que não tenham um público melhor.

Finalmente, a cortina abriu-se para o segundo ato. "Sala de estar da casa da sra. Edbury em Gloucestershire", dizia uma nota no programa — e lá estava ela diante deles, com suas janelas de batentes, uma escadaria, um canapé, mesa com bebidas, mesa com telefone, mesinha baixa com revistas (para serem apanhadas pela atriz principal, que as folheava ociosamente durante alguns momentos, quando não sabia o que fazer com as mãos?) e três portas.

— Que casa estranha — sussurrou Jane.

— Fica melhor quando fecham as janelas.

Mas as janelas tinham de ficar abertas, pois era por ali que a "ingênua" passava quando fazia sua entrada ("Sara Rutherford está encantadoramente natural como a noiva"), atirava-se no canapé e desmanchava-se em lágrimas. O perfil de Jane mostrava que estava alerta, com um ceticismo delicioso. Robert afundou-se ainda mais em sua poltrona.

A peça era horrível. Mesmo que tivessem visto o primeiro ato, e que assim entendessem um pouco melhor as complicações do enredo, continuaria sendo uma peça horrível. Era cheia de chichês, com personagens previsíveis

137

(havia até uma arrumadeira cômica), que saíam e entravam, telefonavam, sem qualquer explicação lógica. Houve doze telefonemas somente no segundo ato.

Quando a cortina fechou, Robert decidiu: — Vamos tomar outra bebida. Estou precisando de um conhaque duplo depois disso.

— Não vou me mexer — retrucou Jane. — Não quero quebrar o encanto. Não vejo uma peça assim desde quando tinha sete anos. E o cenário me deixa absolutamente nostálgica. Mas existe uma coisa, Robert, que sobressai definitivamente em tudo isso.

— E o que é?

— Christopher Ferris é muito, muito bom...

Ele também achara. Quando entrara desajeitadamente no palco, como o universitário desligado que futuramente tiraria a heroína de seu noivo corretor da bolsa, *Daisies on the Grass* mostrava seu primeiro momento de vida. Suas falas não eram melhores do que as dos outros, mas seu *timing* era impecável, e ele conseguia torná-lo engraçado ou triste, ou terrivelmente encantador. Para o papel, vestia calça de veludo, uma suéter longa e óculos com aros de osso, que não conseguiam esconder sua elegância, sua beleza e a graça natural de seus passos largos com que se movia pela cena.

— ... e ele não é simplesmente muito bom, é muito atraente também — continuou Jane. — Agora entendo por que sua irmã de criação ficou tão feliz por esbarrar nele em Paris. Eu não me importaria nem um pouco de esbarrar nele também.

O terceiro ato tinha o mesmo cenário, só que agora era noite. Um luar azul brilhava através da janela aberta e a noivinha descia a escadaria, carregando uma valise, nas

COM TODO AMOR

pontas dos pés, pronta para fugir, ou escapulir ou o que quer que fosse e que passara a última hora decidindo fazer. Robert não lembrava mais. Esperava a volta de Christopher ao palco. Quando isso aconteceu, Robert passou o tempo todo observando-o, atentamente, absorvido e cheic de admiração. Nesse momento, estava com o público, por menor que fosse, na palma de sua mão. Da mesma maneira que Robert, os olhos de todos estavam presos nele. Christopher coçava a nuca e todos riam. Tirava os óculos para beijar a mocinha e riam de novo. Recolocava-os para dizer adeus para sempre, havia um momento de silêncio e depois ouviam-se narizes sendo assoados na platéia. E quando a peça terminou e o elenco alinhou-se para o agradecimento, os aplausos foram longos e verdadeiros, e eram todos para Christopher.

— O que vamos fazer agora? — perguntou Jane.

— Só vão fechar o teatro daqui a uns dez minutos. Vamos tomar outra bebida.

Voltaram para o bar. O *barman* perguntou:

— O senhor gostou do espetáculo?

— Bem, eu não sei... Eu...

Jane foi mais corajosa. — Achamos a peça terrível — respondeu, porém muito educadamente. — E me apaixonei por Christopher Ferris.

O *barman* sorriu.

— Ele é muito bom, não é? Foi uma pena terem vindo hoje, quando o teatro estava tão vazio, quase não havia público. O sr. Childers esperava, já que a srta. Jason era daqui e essa coisa toda, que a peça chamasse público. Mas não se pode lutar contra uma onda de calor.

— Normalmente as bilheterias são boas? — Jane quis saber.

ROSAMUNDE PILCHER

— Variam muito, devo dizer. Mas a última peça que apresentamos, *Present Laughter*... essa enchia o teatro.

— É uma boa peça — comentou Robert.

— Qual o papel que Christopher Ferris fazia? — perguntou Jane.

— Deixe-me ver. Ah, já sei, ele era o jovem escritor teatral. Sabem qual é? Aquele que esbarra nas cadeiras e come biscoitos. Ronald Maule foi o nome dele na peça. Ah, Ferris estava muito engraçado naquele papel. A casa vinha abaixo com ele... — Ainda limpando a mesa, olhou para o relógio. — Desculpe, mas tenho de pedir para o senhor terminar logo... é hora de fechar...

— Sim, é claro. A propósito, como se chega ao palco? Queremos ver Emma Litton.

— O senhor vai pela platéia e entra numa porta que fica à direita do palco. Mas cuidado com o sr. Collins, o diretor de palco. Ele não gosta muito de visitantes.

— Obrigado — agradeceu Robert. — E boa-noite.

Voltaram para o teatro. As cortinas estavam abertas outra vez e o palco era revelado de novo, mas sem os refletores o cenário parecia menos inspirador do que nunca. No palco, um rapaz lutava com o sofá, tentando arrastá-lo para um dos lados, e alguém, em algum lugar, deixara a porta da esquerda aberta e o teatro todo foi varrido por uma onda de ar viciado. A moça dos programas andava pela platéia, inspecionando as poltronas e recolhendo as caixas vazias de chocolate e os maços de cigarro numa lata de lixo.

— Não há nada mais deprimente do que um teatro vazio — declarou Jane.

Os dois dirigiram-se para o palco. Quando se aproximaram, Robert percebeu que não era um rapaz quem es-

140

COM TODO AMOR

tava lutando sozinho para arrastar aquele sofá pesado, e sim uma mocinha, vestida de *jeans* e com uma suéter azul velha.

Aproximando-se o suficiente dela, perguntou: —Será que você poderia me ajudar...?

Ela se virou para olhar para ele, e Robert, em choque e mal podendo acreditar, encontrou-se frente a frente com Emma Litton.

8

Depois de um segundo de silêncio constrangedor, Emma deixou de tentar empurrar o sofá e levantou-se. Robert achou-a mais alta e mais magra: a luz fria do palco não ajudava muito. Seus pulsos saíam como varetas de suas mangas arregaçadas. Mas o pior eram seus cabelos. Cortara-os bem curtos, e sua cabeça parecia pequena e vulnerável, coberta por uma penugem igual a pêlo de animal.

Seu olhar também parecia o de um coelho assustado, como se esperasse ele fazer o primeiro movimento, dizer a primeira palavra, para saber para que lado deveria saltar. Robert enfiou as mãos nos bolsos, na tentativa deliberada tanto de parecer quanto de sentir-se natural, e cumprimentou: — Olá, Emma.

Ela deu um sorrisso meio apagado e respondeu: — Este sofá parece ter sido recheado de chumbo e ter perdido as molas no caminho.

— Não há ninguém aqui que possa ajudá-la? — avançou para a ponta do palco, de forma a ficar de frente para ela. — Parece muito pesado.

— Logo vai chegar uma pessoa. — Parecia não saber o que fazer com as mãos. Esfregava-as nas pernas de seus *jeans*, como se estivessem sujas, e a seguir cruzava os braços. Era um movimento curiosamente defensivo, que empurrava os ossos de seus ombros para a frente, sob o algodão fino da blusa. — O que você está fazendo aqui?

COM TODO AMOR

— Viemos assistir *Daisies on the Grass*... Viemos de carro da cidade. Esta é Jane Marshall. Jane, esta é Emma.

Sorriram, cumprimentaram-se com um aceno de cabeça, murmurando um "como vai?". Emma dirigiu-se então a Robert.

— Você... você sabia que eu estava aqui?

— Não, mas sabia que Christopher estava e pensei que também pudesse estar.

— Estou trabalhando aqui há umas duas semanas. Assim, tenho alguma coisa para fazer.

Robert não fez qualquer comentário, e Emma, desconcertada por seu silêncio, sentou-se subitamente no sofá que deveria estar arrastando. Suas mãos penderam sobre os joelhos. Depois de algum tempo, indagou: — Foi o Marcus quem mandou você vir?

— Não. Só viemos para ver. Para ter certeza de que está bem...

— Estou bem.

— A que horas termina aqui?

— Eu saio dentro de uma meia hora. Tenho que esvaziar o palco para o ensaio de amanhã de manhã. Por quê?

— Pensei que poderíamos ir a algum hotel, sei lá, para comer um sanduíche e beber qualquer coisa. Jane e eu não jantamos...

— Oh, que bom... — Não pareceu muito entusiasmada. — Mas... acontece que... geralmente eu deixo alguma coisa no forno do apartamento... um ensopado ou qualquer coisa simples. Johnny e Chris só comem assim. Temos que voltar senão queima.

— Johnny?

— Johnny Rigger. Era o noivo da peça. Sabe qual é? O outro homem. Ele mora com Christo... e eu.

143

—Entendo.

Houve outro silêncio. Emma, desconcertada, lutava contra seus instintos mais hospitaleiros.—Eu os convidaria para vir com a gente, mas não há nada lá, só umas latinhas de cerveja...

— Gostamos de cerveja — Robert retrucou imediatamente.

—E o apartamento está muito bagunçado. Nunca arranjo tempo para limpá-lo direito. Agora que estou trabalhando fora, quero dizer.

—Não nos importamos. Como chegaremos lá?

—Bom... vocês estão de carro?

—Sim. Está lá fora.

—Sei... bem... se quiserem esperar um pouco lá fora, Christo e eu nos encontraremos com vocês. Se não se importarem. Aí mostraremos onde fica.

—Esplêndido. E quanto ao Johnny?

—Ah, ele vai mais tarde.

—Esperaremos vocês.

Tirou somente agora as mãos dos bolsos e encaminhou-se, juntamente com Jane, para a descida do palco para a platéia. Quando chegaram à porta dupla e ele segurou uma das metades para Jane sair, pareceu que o inferno caíra subitamente sobre aquele palco.

—Mas que diabo! Onde está aquela maldita garota? — Robert olhou em tempo de ver Emma saltar do sofá como se alguém tivesse posto fogo embaixo dele e mais uma vez tentar empurrar aquela coisa monstruosa. Um homem baixo com uma barbicha preta surgiu no palco, parecendo um pirata mal-humorado.—Escuta aqui, sua pateta,

COM TODO AMOR

mandei você tirar esse maldito sofá, não que dormisse sobre ele. Meu Deus, como vou ficar feliz quando aquela outra garota voltar e você estiver sã e salva em outra parte...
— Robert só teria duas atitudes a tomar. Ou voltar e dar um soco naquele homem ou retirar-se. Resolveu pela segunda, por causa de Emma.

A porta fechou-se atrás dele, mas enquanto cruzavam a sala de espera, ainda ouviam aquela voz... — Ela é uma bobona, todos sabemos, mas ninguém é tão imprestável e estúpida como você...

— Encantador — comentou Jane, enquanto desciam as escadas. Robert não acrescentou nada, porque enquanto não baixasse aquela nuvem de fúria que se apossara dele, não seria capaz de dizer coisa alguma. — Deve ser o sr. Collins, o diretor de palco. Não deve ser muito agradável trabalhar com ele.

Chegaram à porta da rua, desceram os poucos degraus que os separavam da calçada, atravessaram-na e entraram no carro. Já escurecera, uma bruma triste e suave descera sobre a cidade, mas o calor do dia persistia, mantido pela estreiteza da rua e pelas pedras banhadas pelo sol. Acima deles, o cartaz do teatro brilhava, mas logo que entraram no carro, alguém de dentro do prédio apagou-o. A diversão da noite estava encerrada. Robert procurou seus cigarros, deu um a Jane e acendeu-o, pegando depois outro para si próprio. Depois de algum tempo, sentiu-se um pouco mais calmo e disse: — Ela cortou todo o cabelo.

— É mesmo? Como era antes?

— Longo, sedoso e escuro.

— Ela não queria que nós fôssemos lá hoje. Você sabe disso, não é?

145

— É, eu sei. Mas temos de ir. Não precisamos ficar muito tempo lá.

— E eu odeio cerveja.

— Desculpe. Talvez alguém faça um café para nós.

— E nem ao menos se trata de um trabalho que exija muito do cérebro. Qualquer criatura mais idiota que tenha passado pela escola de teatro pode fazer muito melhor do que você.

Collins continuava a vociferar, descarregando todas as tensões e frustrações do dia sobre uma única criatura: Emma. Ele a odiava. Era qualquer coisa relacionada com Christopher; com o fato do pai deles ser bem-sucedido e famoso. Inicialmente, ela tentara defender-se, mas agora já o conhecia bem e sabia que era melhor suportar aquela onda de impropérios silenciosamente. Com o Collins ninguém venceria nunca. Ela simplesmente ouvia, continuava trabalhando, tentando esconder dele o quanto ele a perturbava.

— ... só lhe dei este emprego porque precisava de alguém para me ajudar... Que Deus me ajude. Não porque o Chris tivesse me pedido, e também não porque algum idiota deseja pagar vinte mil por um quadro de Ben Litton, que não passa de uns borrões vermelhos sobre um fundo azul. Sou muito mais equilibrado do que isso, como você já deve ter percebido. Portanto, não pense que pode ficar batendo papo por aí com seus amiguinhos de nariz empinado... e na próxima vez que eles resolverem condescender em ver nosso humilde espetáculo, diga a eles para esperar até termos acabado, entendeu? Agora anda, tire o maldito sofá do caminho...

COM TODO AMOR

* * *

Já eram quase 23:00h quando ela foi liberada e encontrou Christo esperando-a no escritório de Tommy Childers. A porta abriu-se e ela ouviu-os conversando. Bateu, enfiou a cabeça e falou: — Já estou pronta. Desculpe ter demorado tanto.

Christo levantou-se.

— Está tudo bem. — Apagou o cigarro. — Boa-noite, Tommy.

— Boa-noite, Chris.

— Obrigado por tudo.

— Não foi nada, amigão...

Desceram as escadas em direção à saída de serviço. Ele passou o braço em torno dela. Seus corpos mornos tocaram-se; estava quente demais para aquele contato, mas ela sentiu-se reconfortada. Fora, na pequena alameda que descia para a rua principal, ele parou perto das latas de lixo para acender outro cigarro.

— Você demorou demais. Collins está pegando no seu pé?

— Ele ficou furioso porque Robert Morrow estava aqui.

— Robert Morrow?

— Trabalha na Bernstein, com Marcus. É o cunhado dele, eu lhe contei. Ele veio ver o espetáculo... trouxe uma moça com ele.

Christo continuou olhando para ela interrogativamente.

— Para ver o espetáculo, ou para ver você?

— Acho que para ver os dois.

—Ele pode tentar levá-la de volta? Dizer que é menor de idade ou qualquer coisa assim?

—Claro que não.

—Então não faz mal.

—É, acho que não. Mas, sabe, fui uma boba, convidei-os para irem lá em casa. Não sei como foi, não pretendia fazer isso, mas acabei fazendo e eles aceitaram. Estão esperando por nós agora, no carro. Oh, Christo, desculpe.

Ele riu.

—*Eu* não me importo.

—Não vão ficar muito tempo.

—Por mim, podem ficar a noite toda. Não seja tão trágica. — Abraçou-a e beijou-a no rosto. Ela pensou que se ao menos a noite, o dia, aquele dia interminável, acabasse naquele momento, ficaria contente. Tinha medo de Robert. Estava cansada de enfrentá-lo, de responder perguntas, de tentar evitar aqueles olhos cinzentos inquisidores. Estava cansada demais para competir com a amiga dele, que era loura e linda e com um aspecto quase que indecentemente fresco, em seu vestido azul-marinho sem mangas. Estava cansada demais para ajeitar o apartamento para eles, tirar as roupas, os *scripts* e os copos vazios de vista, para abrir latas de cerveja, fazer café e tirar o jantar de Christo do forno.

Christo esfregou o queixo no rosto dela.

—Qual o problema? — perguntou delicadamente.

—Nada. — Ele não gostava que ela dissesse que estava cansada. Ele nunca ficava cansado. Não sabia o significado daquela palavra.

—Foi um ótimo dia, não foi? — ele perguntou.

—Sim, é claro. — Emma afastou-se um pouco dele. —Um dia ótimo.

COM TODO AMOR

* * *

De braços dados, desceram a alameda em direção à rua. Robert ouviu suas vozes e saiu do carro para encontrar-se com eles. Vinham em sua direção, entrando e saindo das manchas de luz feitas na calçada pelas lâmpadas dos postes. Caminhavam como apaixonados, Emma carregando uma suéter, Christo com um *script* volumoso embaixo do braço e um cigarro entre os dedos. Quando chegaram perto do carro, pararam.

— Olá — saudou Christopher, sorrindo.

— Christo, este é Robert Morrow, e esta, a srta. Marshall...

— Sra. Marshall — Jane corrigiu docemente, recostando-se sobre o encosto do assento dianteiro. — Olá, Christopher.

— Desculpem termos demorado tanto — falou Christo. — Emma acabou de dizer-me que estavam aqui. E ela estava tendo sua discussão noturna com Collins, por isso estávamos todos tão ocupados. Vocês vão tomar uma lata de cerveja conosco, não é? Lamento não ter nada mais forte.

— Assim está bem — disse Robert. — Pode mostrarnos o caminho?

— É claro.

O apartamento ficava no porão de uma fila de casas exageradamente vitorianas, que tiveram dias melhores. Estavam muito empenadas e decoradas com estranhos trabalhos com tijolos e janelas manchadas, mas a própria rua também era triste, e as cortinas das janelas fronteiras em

149

arco balançavam-se melancolicamente e nem sempre eram muito limpas. Degraus de pedra já gastos levavam até a área onde ficavam as latas de lixo e um ou dois vasos com gerânios mortos; enquanto desciam, ouviu-se um miado frustrado de um gato, e uma forma negra semelhante a um rato subiu celeremente pela escadaria, passando por entre suas pernas. Jane deu um grito de susto.

— Não é nada — disse Emma. — É só um gato.

Christo abriu a porta e foi na frente para acender as lâmpadas que pendiam friamente do teto, pois o apartamento era alugado e o proprietário não fornecia as luminárias. Johnny começara a fazer algumas, com vidros vazios de Chianti, mas não fora muito além de comprar os adaptadores e um par de palas coloridas. Os cômodos do apartamento haviam sido adaptados: era lamentavelmente óbvio que suas intenções originais seriam cozinhas, despensas e lavanderias. Uma viga velha fora arrancada da parede e o espaço resultante dessa ausência foi complementado com prateleiras, que ninguém se dera ao trabalho de pintar e que funcionavam como guarda-tudo para livros, sapatos, *scripts*, cigarros, cartas e uma pilha de revistas velhas. Havia um divã coberto por uma cortina laranja e almofadas ralas, mas dava para ver tratar-se de uma cama. Havia ainda uma ou duas cadeiras raquíticas de cozinha e uma mesa dobrável, e o assoalho debilitado era esparsamente coberto por um tapete velho, que há muito tempo perdera as cores e os pêlos. As paredes tinham sido caiadas, mas ainda viam-se nelas manchas de sujeira que lembravam mapas e um pôster de touradas, cujas pontas já começavam a soltar e a enrolar-se. Sentiam-se o cheiro de ratos e de comida seca e podre, e mesmo nessa noite quente, a

150

COM TODO AMOR

própria ausência de ar era pegajosa, como o interior de uma caverna.

Christo largou o *script* sobre uma mesa e foi abrir a janela, que era protegida por barras de ferro, como as de uma prisão.

— Vamos deixar entrar um pouco de ar. Nós conservamos tudo fechado por causa dos gatos, que entram em toda parte. O que gostariam de beber?... Temos cerveja, se Johnny já não bebeu toda... ou talvez prefiram um café. Ainda temos café, Emma?

— Só café instantâneo. Não compro do outro, porque não temos vasilha para fazer. Sentem-se... sentem na cama. Em qualquer lugar. Sei que temos cigarros, mas... — Encontrou-os, finalmente, uma caixa com cinqüenta, que ela ofereceu a todos, indo depois buscar um cinzeiro enquanto Robert os acendia. Não tinham cinzeiros, e ela foi até a perigosa passagem que dava para a cozinha pegar dois pires. A pia estava cheia de pratos sujos, e por um momento ela não conseguiu lembrar-se de quando os usara, quando fora a última vez que estivera ali, de que época perdida da história datavam. Repentinamente lembrou-se que eram da manhã daquele mesmo dia, que parecia-lhe já tão distante, de umas três semanas atrás. Nenhum dia jamais fora tão longo. E agora já passava das onze horas da noite e ainda não terminara. Ainda tinha de servir o jantar dos rapazes, ferver a água para o café, encontrar o abridor de latas...

Conseguiu encontrar dois pires limpos e levou-os para os outros. Christo colocara um disco. Ele não sabia fazer nada, nem mesmo conversar, sem ter um fundo musical perpétuo. No momento, Ella Fitzgerald e Cole Porter.

151

"Toda vez que dizemos adeus
Eu morro um pouco..."

Estavam conversando sobre *Daisies on the Grass* — ... se você pode dar vida a um texto como aquele — Jane estava dizendo para Christopher — ... tenho certeza de que irá longe. — Sorria. Emma depositou o cinzeiro improvisado e Jane olhou para ela. — Obrigada... posso ajudar em alguma coisa?

— Não, em nada. Só vou pegar uns copos. Você gosta de cerveja ou prefere um café?

— O café vai dar muito trabalho?

— Não, de jeito algum... também gosto de café...

De volta à cozinha, fechou a porta para que não ouvissem o bater dos pratos, amarrou um avental e colocou uma chaleira para ferver. Sempre que o acendia, o gás soltava fagulhas, assustando-a terrivelmente. Encontrou uma bandeja, xícaras e pires, a lata de café, o açúcar e as latas de cerveja dentro de uma caixa embaixo da pia. Besouros pretos caminhavam pelo chão e Johnny não esvaziara a lata de lixo. Levantou-a para levar para a lixeira, mas, enquanto fazia isso, a porta abriu-se atrás dela e o rosto de Robert Morrow apareceu na sua frente.

Ele olhou para a lata.

— Para onde vai levar isso?

— Para lugar nenhum — respondeu Emma, furiosa por ter sido apanhada naquela atitude. Voltou a enfiá-la embaixo da pia, mas ele segurou-a pelo braço e tomou a lata de suas mãos, olhando com tristeza para a mistura de velhas folhas de chá, latas vazias e sacos de papel molhados.

— Para onde vai isso?

Derrotada, Emma respondeu.

COM TODO AMOR

— Para a lixeira. Ali perto da porta, por onde entramos.

Ele levou o saco para a lixeira, parecendo ridículo, e Emma voltou para a pia, desejando que ele não tivesse vindo. O lugar dele não era em Brookford; nem no teatro; nem ali no apartamento. Não queria que ele sentisse pena dela. Porque, afinal de contas, não havia por que ter pena. Ela estava feliz, não estava? Estava com Christo, e isso era tudo o que importava, mas como eles cuidavam de suas vidas não era absolutamente da conta de Robert.

Rezou para que ele e sua amiga imaculada tivessem ido embora na hora em que Johnny Rigger voltasse.

Quando Robert voltou com a lata vazia, ela batia os pratos para dar a impressão de que estava ocupada. Olhou ligeiramente para ele por cima do ombro e disse friamente: — Obrigada. Não vou demorar muito — esperando que ele percebesse a dica e a deixasse em paz.

Mas não adiantou nada. Robert fechou a porta, depositou a lata de lixo de volta no chão e, pegando Emma pelos ombros, virou-a para ele de modo a que ela o encarasse. Ele estava vestido com um terno impecável e elegante, uma camisa azul e uma gravata escura, enquanto Emma tinha o pano de pratos em uma das mãos e um prato na outra, tendo ainda que olhar para cima e encarar seus olhos cinzentos e interrogativos.

Ela foi incisiva. — Preferia que não tivesse vindo. Por que veio?

— Marcus está preocupado com você. — Tirou o pano e o prato de suas mãos e inclinou-se um pouco para recolocá-los na pia cheia. — Acho que você deveria ter dito a ele onde estava.

— Bem, agora você mesmo pode contar para ele, não

153

pode? Robert, tenho muita coisa para fazer e não existe espaço suficiente para duas pessoas nesta cozinha...

— Não mesmo? — Ele sorria. Sentou-se na quina da mesa, e agora seu rosto encontrava-se de frente para o dela. — Esta noite, quando a vi naquele teatro, nem reconheci você. Por que cortou o cabelo?

Ele sabia desarmar uma pessoa. Emma levantou a mão e começou a esfregar a nuca, que formigava.

— Quando comecei a trabalhar no teatro, ele atrapalhava muito. Caía em meus olhos... e também fazia tanto calor e ele estava sempre todo pingado de tinta, de quando eu pintava o cenário, e aqui não havia lugar para lavá-lo e, mesmo se eu lavasse, levaria horas para secar. — Odiava estar falando sobre seus cabelos. Sentia falta deles; sentia falta de seu peso e familiaridade, e da terapia reconfortante de escová-los à noite. — Então uma das garotas do teatro os cortou para mim. — Lembrava-se de como ficaram caídos sobre o tapete da Sala Verde como meadas de seda castanha e Emma sentindo-se uma assassina.

— Você gosta de trabalhar no teatro?

Ela pensou em Collins. — Não muito.

— E tem de fazer isso?

—Não, é claro que não. Mas Christo fica lá o dia inteiro e eu não tenho muito o que fazer aqui, sozinha. Eu nunca imaginei que existisse um lugar tão terrivelmente aborrecido como Brookford. Então, quando a outra garota teve uma crise de apendicite, Christo conseguiu que me aceitassem para ajudar.

— E o que vai fazer quando ela voltar?

—Não sei. Ainda não pensei.

Atrás dela, a chaleira fervia. Emma virou-se rapida-

COM TODO AMOR

mente para apagar o gás e colocou a chaleira sobre a bandeja, mas Robert pediu: — Não, ainda não.

Emma franziu a testa.

— Eu ia fazer café.

— O café pode esperar. Vamos acertar as coisas antes.

O rosto de Emma fechou-se.

— Não há nada para acertar.

— Sim, é claro que há. E eu quero poder contar o que aconteceu para o Marcus. Por exemplo, como conseguiu entrar em contato com Christopher?

— Acordei bem cedo, naquele domingo. Fui à cabine pública e telefonei para ele. Havia um ensaio de figurinos e ele estava no teatro. Já tinha me convidado para vir ficar com ele em Brookford, mas eu não podia, por causa do Ben.

— Já tinha falado com ele, naquela manhã, quando fui me despedir?

— Já.

— E nem me disse?

— Não, não disse. Queria iniciar uma coisa completamente nova, uma vida nova, sem que ninguém soubesse.

— Entendo. Então, você ligou para o Christopher...

— É... e naquela noite ele pediu o carro do Johnny Rigger emprestado, foi até Porthkerris e me trouxe para cá. Fechamos juntos a porta do chalé e deixamos a chave do estúdio no Sliding Tackle.

— O proprietário não sabia onde você estava.

— Eu não disse a ele para onde ia.

— Marcus telefonou para ele.

— Marcus não devia ter feito isso. Ele não é mais responsável por mim. Não sou mais uma menininha.

— O que Marcus sente não é só responsabilidade,

Emma. Ele gosta mesmo de você e deveria ter percebido isso. Soube alguma coisa do Ben?

—Sim, recebi uma carta dele naquele domingo, antes de sair de Porthkerris. E uma outra de Melissa... me convidando para ir visitá-los.

—E você respondeu?

Emma sacudiu a cabeça. —Não. —Envergonhou-se do que dissera e imediatamente baixou o olhar, dirigindo-o a uma unha quebrada.

—Por que não?

Emma encolheu os ombros. —Não sei. Devo ter pensado que estava atrapalhando.

—Pois eu pensaria que estar atrapalhando seria até melhor do que isso aqui... — Seu gesto abrangia toda a cozinha entulhada, todo aquele apartamento deprimente.

Não foi uma das observações mais felizes.

—O que há de errado com isso aqui?

—Não é só este lugar, é aquele teatro horrível, com aquele maluco barbado gritando com você para arrastar aquele sofá...

—Você me disse para arranjar um emprego.

—Não este tipo de emprego. Você tem uma cabeça boa, fala três línguas e parece ser moderadamente inteligente. Que espécie de emprego é esse de ficar empurrando móveis num teatro de terceira classe?

—*Minha verdadeira intenção é ficar com Christo!*

Depois dessa explosão, houve um silêncio terrível. Um carro passou na rua. A voz de Christo ecoou no caminho de pedras, sobre o fundo suave da música na vitrola. Um gato começou a miar.

Robert falou, finalmente: —Quer que eu conte isso a seu pai?

COM TODO AMOR

Emma partiu novamente para o ataque. — Suponho que foi para isso que veio. Espionar para Ben.

— Eu vim simplesmente para descobrir onde você estava e como estava.

— Não se esqueça de contar a ele todos os detalhes asquerosos. Nós não ligamos pra isso e ele não vai se importar mesmo.

— Emma...

— Não se esqueça que ele não é um pai comum, saído de um conto de fadas, como você tão delicadamente gosta de me dizer.

— Emma, quer me escutar?

Mal a última palavra saiu-lhe da boca, a porta foi aberta atrás dele e ouviu-se uma voz macia e alegre:

— Mas que conversinha agradável vocês dois estão tendo!

Robert girou e viu, na porta aberta, o jovem que representara o papel do corretor irritadiço em *Daisies on the Grass*. Só que agora não estava mais zangado, mas simplesmente muito bêbado: para manter-se de pé, segurava-se na maçaneta da porta, balançando-se nas pernas, ligeiramente dobradas.

— Olá, querida — dirigiu-se para Emma. Largou a maçaneta e entrou cambaleando na cozinha, que tornou-se insuportavelmente pequena. Apoiou-se nas palmas das mãos sobre a mesa e inclinou-se para beijar Emma. O beijo foi alto e estalado, mas nem chegou a tocar seu rosto.

— Temos visitas — observou. — E um carro enorme estacionado lá fora. Nosso cartaz vai melhorar muito na vizinhança. — Suas pernas cambalearam novamente e, por um segundo, todo o seu peso apoiou-se nos braços. Sorriu abertamente para Robert. — Qual é seu nome?

— O nome dele é Robert Morrow — respondeu Emma rapidamente — e vou fazer um café para você.

— Não quero café. Não quero café. — Levantou os punhos para enfatizar o que dizia, e suas pernas falharam. Dessa vez, Robert segurou-o e o manteve de pé.

— Obrigado, meu velho. Você é muito educado. Emma, que tal uma comidinha? Alimente o homem interior; você conhece a rotina. Espero que tenha convidado nosso bom amigo Robert para ficar para jantar. Na outra sala há também uma loura e tanto, batendo um longo papo com o Christopher. Sabe alguma coisa sobre ela?

Ninguém se preocupou em responder-lhe. Emma voltou para o fogão, tirou a tampa da chaleira e voltou a colocá-la novamente. Johnny Rigger olhava fixamente para suas costas e depois para Robert, aparentemente aguardando que a vida, com todas as suas confusões, lhe fosse explicada.

Robert não confiava em si para falar. Estava louco para pegar aquele bêbado desagradável pelo colarinho e jogá-lo em algum lugar; preferivelmente na lixeira, onde há pouco jogara o conteúdo malcheiroso da lata de lixo. Depois, voltaria a falar com Emma da mesma forma, conduzindo-a para o banco traseiro de seu carro, levando-a para Londres, Porthkerris, Paris — para qualquer lugar, longe daquele terrível porão, do teatro, daquela cidade suburbana e depressiva.

Olhou para as costas dela, desejando que se virasse e olhasse para ele. Mas ela não se moveu, e seu pescoço fino, sua cabeça tosquiada e seus ombros caídos, tudo o que normalmente tocaria sua simpatia, só conseguiu enfurecê-lo.

Então, disse formalmente: — Estamos todos perdendo nosso tempo. Penso que eu e Jane devemos ir.

COM TODO AMOR

Emma aceitou a sugestão em silêncio, mas Johnny não parava de protestar.

—Ora, você tem de ficar, meu velho. Fique para comer alguma coisa conosco...

Mas Robert passou rapidamente por ele e já estava quase na sala, onde encontrou os outros dois mergulhados numa conversa, sem perceber qualquer espécie de drama. Christopher comentava: — Sim, é uma peça maravilhosa. E que papel! Pode-se construir sobre ele, mas nunca sobre-carregá-lo ou interferir na sua direção...

(Robert lembrou-se amargamente da piada antiga sobre atores. "Agora falemos sobre *você*, minha amiga. O que *você* achou de meu desempenho?")

— Espero que não estejam discutindo *Daisies on the Grass*.

Christopher olhou para ele. — Não, pelo amor de Deus! Estamos falando sobre *Present Laughter*. O que Emma está fazendo?

—Seu amigo acabou de chegar.

—Johnny? É, acabamos de vê-lo cambaleando.

—Ele está bêbado.

—Geralmente está. Nós o enchemos de café amargo e o jogamos na cama. Estará inteirinho na manhã seguinte. Pode ser injusto, mas resolve.

— Existe algum motivo particular para ele estar aqui com você e Emma?

Christopher levantou as sobrancelhas.

— Todos os motivos — sua voz era fria. — O aparta-mento é dele. Eu fui o segundo. E Emma tornou-se uma terceira pessoa muito agradável.

Houve uma pausa na conversa. Jane, sentindo a ameaça de um conflito, interrompeu com toda a tática.

— Robert, está ficando tarde... — Pegou a bolsa e as luvas, e levantou-se do divã. — Acho que devemos ir.

— Mas você não tomou seu café. Nem sua cerveja, nem nada. O que Emma está fazendo?

— Fazendo o que pode para acordar o sr. Rigger — replicou Robert. — Sugiro que vá ajudá-la. As pernas dele não parecem muito confiáveis.

Christopher aceitou, dando de ombros. Desenroscou-se da cadeira baixa onde estava sentado e levantou-se.

— Bem, se acham mesmo que têm de ir...

— Acho que devemos ir sim. Obrigado.

As palavras foram morrendo em sua boca. Não havia nada para agradecer. Christopher pareceu divertido com isso, e Jane veio novamente em seu socorro.

— Obrigada por sua maravilhosa apresentação desta noite. Nunca vamos esquecê-la. — Esticou a mão. — Até logo.

— Até logo. E até logo, Robert.

— Até logo, Christopher. — Obrigou-se a dizer-lhe em seguida: — Cuide bem de Emma.

Voltaram para Londres numa velocidade arriscada. No painel, o ponteiro do velocímetro subia cada vez mais. Oitenta, noventa, cem...

— Você pode arranjar problemas — falou Jane

— Eu já arranjei — retrucou Robert de imediato.

— Você discutiu com Emma?

— Sim.

— Realmente notei você com um ar carregado. Sobre o que discutiu?

— Andei bisbilhotando, moralizando, interferindo. E tentando fazer com que uma garota basicamente inteligen-

COM TODO AMOR

te tenha um mínimo de bom senso. Ela estava esquisita. Parece doente.

— Ela vai ficar bem.

— A útima vez em que a vi, ela estava morena como uma cigana, com os cabelos até a cintura e toda ela recendia numa espécie de brilho, como uma deliciosa fruta madura.

— Lembrou-se do prazer que sentiu quando lhe deu um beijo de despedida. — Por que as pessoas têm de fazer essas coisas horríveis consigo mesmas?

— Não sei. Talvez por causa de Christopher — respondeu Jane.

— Como você se saiu com ele? Quero dizer, além de se apaixonar por ele?

Ela ignorou esta parte. — Ele é esperto. Tem uma mente simples. É ambicioso. Acho que vai longe. Mas sozinho.

— Você quer dizer, sem Emma.

— É o que eu diria.

Apesar de já ser uma hora da manhã, Londres estava viva, com suas luzes e trânsito nas ruas. Viraram em Sloane Street, circundaram Sloane Park e entraram na estrada estreita que levava ao bairro de Jane. Diante de sua casa, desligou o motor do Alvis e tudo ficou muito quieto. As lâmpadas dos postes brilhavam nas pedras, na capota do carro e nos cabelos louros e sedosos de Jane. Começou a procurar um cigarro no bolso, mas Jane ofereceu-lhe um antes que ele encontrasse os seus. Ela colocou-o na boca de Robert e acendeu-o para ele. Naquele instante, seus olhos tornaram-se grandes e misteriosos, e havia uma sombra pequena e enganosa, como uma mancha, sob a curva de seu lábio inferior.

Ela apagou o isqueiro.

— Foi uma noite horrível. Desculpe — disse Robert.

— É bom mudar de vez em quando. Foi interessante.

161

Ele tirou o boné e jogou-o no banco de trás.

— Você acha que eles estão vivendo juntos? — Robert perguntou.

— Querido, como posso saber?

— Mas ela está apaixonada por ele.

— Eu diria que sim.

Ficaram um pouco em silêncio, depois Robert esticou-se para descansar da longa viagem.

— Afinal, acabamos não jantando, não foi? Não sei de você, mas estou morto de fome.

— Se quiser, posso fazer uns ovos mexidos para você e servir-lhe uma boa dose de uísque com gelo.

— Você está me provocando...

Riram, tranqüilos. Aquele riso noturno, Robert pensou. Riso de travesseiro. Passou a mão pelo pescoço dela, mergulhou os dedos em seus cabelos e inclinou-se para beijá-la na boca. Seu gosto era doce, fresco e frio. Os lábios dela abriram-se, ele jogou o cigarro fora e puxou-a mais para junto de si, apertando-a em seus braços.

Depois de um instante, afastou os lábios dos dela.

— O que estamos esperando, Jane?

— Uma coisa.

Ele sorriu.

— E o que é?

— Eu. Não quero começar uma coisa que não vai durar muito. Não quero ser ferida novamente. Nem mesmo por você, Robert, e só Deus sabe o quanto gosto de você.

Ele retorquiu: — Eu não vou ferir você. — Falava sério. Beijou-a novamente.

— E por favor — ela murmurou — chega de Littons.

Robert beijou seus olhos e a ponta de seu nariz arrebitado.

162

COM TODO AMOR

— Eu prometo. Chega de Littons.

Então ele soltou-a e saíram do carro; fecharam as portas tão tranqüilamente como tinham rido juntos. Jane pegou a chave, Robert tomou-a de sua mão, abriu a porta, e entraram. Jane acendeu a luz e dirigiu-se para a escada estreita. Robert fechou a porta, delicadamente.

9

Uma das delícias da casa velha de Milton Gardens era viver nela no verão. No final de um dia quente e abafado de junho, e depois das frustrações de uma viagem pela Kensington High Street, lenta, com cheiro de gasolina, sentia-se um verdadeiro prazer físico ao entrar-se pela porta da frente e batê-la atrás de si com uma finalidade feliz. A casa estava sempre arejada. Cheirava a flores e a cera de assoalho, e em junho os castanheiros já haviam brotado e estavam tão cheios de folhagens e botões rosas e brancos que os terraços das casas vizinhas ficavam escondidos, os sons do trânsito chegavam abafados e só um avião ocasional, passando lá no alto, quebrava a calma da tarde.

Hoje era um exemplo típico desse alívio particular. Ouviam-se trovões esporádicos e desde a manhã a temperatura subira gradativamente, enquanto as nuvens de tempestade juntavam-se. A cidade abrigava-se sob essa atmosfera triste. No momento, os parques estavam empoeirados, a grama esmagada tornara-se marrom e o ar parecia tão refrescante quanto uma ducha de água de banho usada. Mas ali, na casa, Helen ligara os regadores no gramado, uma lufada de ar doce e úmido entrava pela porta aberta no fundo do corredor e recebeu Robert enquanto ele entrava.

Deixou cair o chapéu na cadeira do corredor, pegou sua correspondência e chamou: — Helen?

COM TODO AMOR

Ela não estava na cozinha. Ele seguiu, então, pelo corredor, saiu pela porta e desceu os degraus que davam para o terraço, encontrando-a lá, com uma bandeja de chá, um livro — por ler — e uma cesta de costura. Usava um vestido de algodão sem mangas e um par de sapatilhas de lona desbotada, e o sol fazia com que suas sardas sobressaíssem, parecendo pintas de tinta salpicando seu nariz.

Robert atravessou o gramado em sua direção, tirando o paletó.

— Você me pegou sem fazer nada. — ela disse.

—Achei muito interessante. —Pendurou o casaco nas costas de uma cadeira de ferro pintada, e sentou-se ao lado dela. — Mas que dia! Ainda tem chá aí?

— Não, mas posso fazer mais um pouco.

— Por que não faço eu? — replicou Robert automaticamente, mas sem qualquer demonstração de entusiasmo.

Ela não respondeu a essa pergunta hipotética; simplesmente levantou-se e levou a chaleira para dentro. Havia uma travessa de biscoitos. Ele pegou um e começou a comê-lo distraidamente, afrouxando a gravata com a outra mão. Sob os regadores automáticos, o gramado era espesso, porém verde. Precisava ser aparado novamente. Recostou-se na cadeira e fechou os olhos.

Seis semanas já tinham passado desde que ele fora a Brookford para procurar Emma Litton, e durante todo esse tempo não ouvira uma palavra sobre ela. Depois de alguma discussão com Marcus e Helen, escrevera para Ben, contando-lhe que Emma estava com Christopher Ferris, a quem reencontrara em Paris. Que ela estava trabalhando no Teatro de Repertório de Brookford. Que estava bem. Na verdade, não podia mesmo dizer mais nada. Surpreenden-

165

temente, Ben deu alguma resposta; não diretamente a Robert, mas rabiscou uma observação numa carta para Marcus. O assunto da carta em si era estritamente comercial, datilografada naquele impressionante papel gravado do Museu de Belas Artes do Ryan Memorial. A exposição da retrospectiva de Litton já tinha terminado. Sob todos os aspectos, resultara em um sucesso estrondoso. No momento, a nova exposição — uma coleção póstuma de desenhos de um gênio porto-riquenho que morrera há pouco tempo em circunstâncias sinistras numa água-furtada de Greenwich Village — estava a caminho, e ele e Melissa aproveitariam a oportunidade para fazer uma viagem ao México. Tinha a intenção de começar a pintar novamente. Não sabia quando voltaria para Londres. E como sempre, protestava sua amizade eterna a Marcus. E então, sob a assinatura, em sua letra indecifrável, vinha:

"Recebi uma carta de R. Morrow. Por favor, agradeça a ele. Emma sempre gostou de Christopher. Só espero que os modos dele tenham melhorado."

Marcus mostrou esse trecho para Robert.

— Não sei o que esperava — falou, secamente — mas é isso o que você recebe.

Então, estava tudo terminado. Pela primeira vez na vida, Robert concordava totalmente com sua irmã Helen. Os Litton eram brilhantes, imprevisíveis e encantadores. Mas recusavam-se a agir de acordo com qualquer padrão preestabelecido e não faziam o menor esforço para isso. Eram pessoas impossíveis.

Para sua surpresa, descobriu que seria fácil esquecer-se de Emma. Que podia tirá-la de sua mente tão impiedo-

COM TODO AMOR

samente como se fosse um caixote de lixo, relegado aos recessos mais escuros de um sótão bem distante e empoeirado. E sua vida imediatamente tornou-se tão aborrecida que o vácuo deixado pela partida dela foi, quase que imediatamente, preenchido por metas mais valiosas.

Estava intensamente ocupado na galeria. Seus dias eram um desfilar sem fim de clientes em perspectiva, visitantes estrangeiros, e jovens artistas ansiosos, carregando seus portfólios estofados com suas pinturas insalubres. Bernstein montaria uma exposição para eles? Bernstein patrocinaria essa chama de talento novo? A resposta geralmente era, "Não, Bernstein não faria isso", mas Marcus era um homem educado e era uma regra da casa que nenhum jovem deveria voltar a Glasgow, ou Bristow, ou Newcastle, ou de onde quer que vivesse, sem uma boa refeição no estômago, e o dinheiro da passagem de volta no bolso de seus *jeans* desbotados.

Robert descobriu que sua vitalidade saltava para resolver essas demandas e, correndo a toda velocidade, sua energia não podia — ou não queria — diminuir de ritmo. Não suportava descobrir-se sem fazer alguma coisa, e deliberadamente enchia seu tempo de lazer com diversões exaustivas, a maioria delas com Jane Marshall.

O fato de suas horas de trabalho nem sempre coincidirem não os aborrecia absolutamente. Às vezes, ele passava pela casinha dela para tomar uma bebida a caminho da galeria para casa, encontrando-a ainda de avental, costurando galões em metros e metros de cortinas, ou decifrando as sutilezas de uma sanefa toda decorada de conchas, com papel gráfico. Às vezes, ela se encontrava fora da cidade, e ele então enchia seus finais de tarde com qual-

167

quer trabalho físico vigoroso, cavando o jardim ou cortando a grama.

Um fim de semana, ele e Jane foram para Bosham, onde o irmão dela possuía um pequeno chalé, com um barco ancorado nas águas instáveis de Hard. Navegavam então o domingo inteiro, quando ainda havia uma brisa firme e um sol brilhante e ardente, e no final do dia, sonolentos com todo aquele ar puro, sentavam-se no bar da aldeia, e tomavam alguma bebida e jogavam *shove ha'penny*. Voltavam para Londres muito tarde, com a capota do Alvis abaixada, vendo o vento soprar farrapos de nuvens no rosto das estrelas.

Mais uma vez Helen começou a dizer: — Penso que você devia se casar com ela.

Robert ignorava a insinuação de que não estivesse se comportando adequadamente, e só respondia: — Talvez eu me case.

— Mas quando? O que você está esperando?

Ele não respondia porque não sabia. Sabia somente que aquele não era o momento exato para planejar; ou decidir; ou começar a analisar os sentimentos que nutria por Jane.

Então, perturbou-se com a volta de Helen, que trazia a bandeja com seu chá. Ela colocou-a sobre a mesinha de ferro, que rangeu nos ladrilhos, quando Helen a puxou para perto dele e falou: — Marcus telefonou na hora do almoço.

Marcus tivera que voltar à Escócia. O baronete escocês amante de uísque, que estava tão ansioso para partir com suas obras de arte, estava decepcionado com seu filho, que possivelmente herdaria todos seus domínios e não queria

COM TODO AMOR

que seu pai os vendesse no momento. Ou, se tivessem de ser vendidos, queria três vezes mais, o que seu ambicioso pai estava pronto para pedir. Depois de um grande número de telefonemas dispendiosos, Marcus decidira relutantemente que deveria fazer outra visita ao norte da fronteira. Os negócios devem vir sempre antes dos confortos e preferências pessoais, e se, para botar as mãos naqueles quadros, tivesse de dormir em camas úmidas, quartos gelados e comer comidas horríveis, estava pronto para qualquer coisa.

— Como ele está?

— Foi muito reservado. Sem dúvida, falava de algum ambiente elevado de magnatas, com o velho proprietário escutando de uma das extremidades do aposento, e o jovem proprietário ouvindo do outro.

— Ele comprou os quadros?

— Não, mas comprará. Se não todos, pelo menos alguns deles... — Helen afastou-se dele, atravessou o gramado para mudar a mangueira de lugar. — Ele está decidido a comprar o Raeburn — disse, por cima do ombro. — Pagará qualquer preço.

Robert serviu-se do chá e começou a ler o jornal da tarde. Quando Helen voltou, entregou-o a ela, aberto na página central.

— O que é isso? — ela perguntou.

— Aquela garota. Dinah Burnett...

— Quem é ela?

— Você já deveria conhecer o rosto dela. É uma jovem atriz com um agente de publicidade eficiente. Toda vez que se abre um jornal ou revista, lá está uma foto dela, deitada sobre um piano, acariciando um gatinho, ou qualquer coisa igualmente detestável.

169

Helen fez uma careta cômica para a fotografia sensual, forçada, e leu o cabeçalho em voz alta.

Dinah Burnett, a ruiva que causou tanto impacto no seriado da TV, *Detetive*, está ensaiando no momento a nova peça de Amos Monihan, *The Glass Door*, sua primeira tentativa séria no teatro. "Estou apavorada", declarou a nosso repórter especial. "Mas tão orgulhosa por ter sido escolhida para essa peça maravilhosa." A srta. Burnett tem vinte e dois anos de idade e veio de Barnsley.

— Eu não sabia que havia uma nova peça de Amos Monihan em cartaz. Quem está produzindo?

— Mayo Thomas.

— Então ela deve ser boa. É extraordinário como o talento pode esconder-se por trás de rostos realmente imbecis. Mas por que você subitamente resolveu mostrar-me isso?

— Sem qualquer motivo, realmente. Só que a Jane está decorando um apartamento para ela. No princípio, deveria ser uma empreitada bastante modesta, mas logo ao conseguir esse papel decidiu que deveria passar a ser uma das grandes perdulárias; sabe como é, banheiros espelhados e colchas de mink branco.

— Muito interessante — comentou Helen. Jogou o jornal de volta no colo dele, mas como Robert estava com muito calor e preguiça para pegá-lo, ele escorregou de seus joelhos para o chão. Depois de algum tempo, Helen começou a juntar as coisas do chá, de maneira bastante vaga. Pegou a bandeja e dirigiu-se para dentro de casa.

— E o jantar? — perguntou. — Vai para a casa da Jane ou vai jantar aqui?

COM TODO AMOR

—Vou para a casa da Jane.

—Isso é ótimo. Vou comer um pedaço de queijo. De qualquer maneira está quente demais para cozinhar.

Depois que ela entrou, ele acendeu um cigarro e sentou, escutando os pombos e observando as sombras se esticarem sobre a grama. A fresca e o silêncio eram como uma bênção. Terminou o cigarro, levantou-se e voltou para a casa, subiu para seu apartamento, tomou um banho, fez a barba, e vestiu *jeans* e uma camisa fresca.Quando servia-se da primeira bebida da noite, o telefone tocou. Encheu metade do copo com soda e dirigiu-se para a escrivaninha para atendê-lo. Era Jane.

—Robert?

—Sim?

—Querido, sou eu. Escute, eu só queria pedir-lhe que não chegue antes das oito...

—Por quê? Está com algum amante?

—Gostaria de estar. Não, é a Dinah Burnett; ela teve uma nova idéia para seu banheiro. Ela é uma peste; quer vir aqui depois do ensaio para falar sobre isso.

—Para uma garota que está tão orgulhosa de participar de uma peça séria, parece estar muito presa a coisas materiais, não acha?

— Então você andou lendo o jornal da tarde. Toda essa publicidade me deixa doente.

—Não imagino por que ela não se deu ao trabalho de mencionar que estava decorando um apartamento e que escolheu uma conhecida decoradora de interiores, Jane Marshall, de 27 anos de idade, 90 de busto, 68 de cintura e 92 de quadris, para ajudá-la. Você estava me esperando para jantar fora? Não estou vestido para a ocasião.

ROSAMUNDE PILCHER

— Claro que não, está muito quente. Tenho galinha fria; pensei em fazer uma salada.

— E eu colaboro com uma garrafa de vinho geladinho.

— Delicioso.

— Até as oito, então.

— Sim, até as oito. — Já estava a ponto de desligar quando ela falou novamente: — Não venha antes. — E então desligou. Ligeiramente curioso, ele colocou o fone no gancho e decidiu ter imaginado haver uma certa urgência na voz dela. Foi buscar gelo para sua bebida.

Deliberadamente, ele chegou um pouco atrasado, mas, mesmo assim, quando estacionou à frente da porta de Jane, havia um pequeno Fiat azul ainda parado diante da casa. Tocou a buzina duas vezes como sempre fazia, saiu do carro, carregando a garrafa de vinho, e quase imediatamente a porta abriu-se e apareceu Jane, vestida de calças de um rosa desbotado e camiseta. Seus cabelos caíam-lhe sobre o rosto e tinha um ar um pouco aborrecido, que não lhe era comum, fazendo sinais com as mãos, apontando para o andar de cima.

Ele achou engraçado. Aproximou-se para beijá-la.

— O que houve?

Ela tirou a garrafa de vinho dele.

— Ela ainda está aqui. Não sai por nada. Não pára de falar. E agora que você chegou, nada vai tirá-la daqui.

— Dizemos que vamos sair e que já estamos atrasados.

— Acho que vale a pena tentar — falavam sussurrando. Então, ela passou a falar em um tom claro e sociável.

— Não tinha certeza se era você ou não. Vamos subindo.

Ele seguiu-a pelos degraus estreitos e íngremes. — Dinah, este é Robert Morrow... — Apresentou-os de forma

172

COM TODO AMOR

casual, antes de levar o vinho para a cozinha. Ele ouviu a porta da grande geladeira abrindo e fechando.

Dinah Burnett estava sentada no grande sofá perto da janela aberta, com as pernas dobradas sob as coxas, parecendo estar esperando um fotógrafo, ou um repórter, ou um amante em potencial. Era uma moça linda, saudável e colorida, e Robert pensou que nenhuma foto fazia-lhe totalmente justiça. Tinha cabelos castanhos, olhos verdes claros e pele de pêssego, e seu corpo tinha as proporções geralmente chamadas de "generosas". Usava um vestido curto e verde para combinar com seus olhos, que parecia ter sido desenhado para mostrar o máximo possível de seus braços macios e bem torneados e de suas longas pernas. Seus pés estavam calçados com sandálias com sola de madeira, os pulsos cingidos de pulseiras de ouro, e nas orelhas, brilhando por entre a profusão de cabelos, estavam penduradas argolas enormes também de ouro. Seus dentes eram brancos e perfeitos, os cílios longos, negros e macios, e era difícil acreditar que ela começara a vida em Barnsley.

— Como está? — cumprimentou-a Robert. Apertaram-se as mãos. — Acabei de ler tudo sobre você no jornal da tarde.

— A foto não estava horrível? — Ela ainda possuía um ligeiro sotaque de Yorkshire. — Pareço uma garçonete arrasada. Mas mesmo assim, acho que é melhor do que nada.

Sorriu para ele, mostrando todo o seu charme feminino que servia de isca para qualquer homem novo e atraente, e Robert, envaidecido e encantado com a atenção que ela lhe dava, ajeitou-se na outra extremidade do sofá. Ela continuou: — Eu não deveria estar aqui, mas Jane está decorando meu novo apartamento, e hoje encontrei esta revista americana com um banheiro fabuloso e tive de vir mostrar-lhe, depois dos ensaios.

— Como está indo a peça?

— Oh, é muito emocionante.

— É sobre o quê?

— Bem, é...

Nesse momento, Jane reapareceu, vindo da cozinha, e interrompeu bruscamente.

— Que tal uma bebida? Dinah, Robert e eu temos de sair, mas ainda há tempo para uma bebida antes de você ir.

— Oh, vocês são muito gentis. Se não se importam, eu adoraria um copo de cerveja.

— O que você acha, Robert?

— Parece uma boa idéia. Eu vou buscar.

— Não, pode deixar. Já estou de pé. — Abriu uma garrafa de cerveja e serviu um copo como uma especialista, sem colarinho. — Dinah, Robert lida com arte, trabalha na Bernstein, em Kent Street.

— Oh, é mesmo? — disse a srta. Burnett, com olhos bem abertos e ar interessado. — Você vende retratos, essas coisas?

— Bem, sim...

Jane trouxe a cerveja para Dinah, puxou uma mesinha e colocou o copo sobre ela.

— Robert é um homem muito ocupado — falou. — Está sempre voando para Paris ou Roma, para fechar negócios altíssimos, não é mesmo, Robert? — E voltou para a sua bandeja de bebidas. — Dinah, você deveria pedir para ele procurar um quadro para seu novo apartamento. Precisa de alguma coisa moderna em cima da lareira e, nunca se sabe, pode ser um investimento. Alguma coisa que possa

COM TODO AMOR

vender quando não houverem outros bons papéis para você.

— Não fale assim. Só estou começando. Além disso, não seria muito caro?

— Não tão caro quanto aquele banheiro americano.

Dinah sorriu encantada. — Mas eu sempre senti que um banheiro é terrivelmente importante.

Jane servira mais dois copos; trouxe-os, então, para mais perto deles, oferecendo um para Robert e ficando com o outro. Depois, acomodou-se na cadeira oposta ao sofá e ficou de frente para ambos, olhando-os por cima da mesinha baixa.

— Bom, o apartamento é seu, meu bem — concluiu.

Sua voz estava um pouco ácida. Robert apressadamente interveio: — Você ainda não me falou sobre a nova peça... *The Glass Door*. Quando vão estrear?

— Quarta-feira. Esta quarta-feira. No teatro Regent.

— Vamos tentar conseguir as entradas, Jane.

— Sim, é claro — replicou Jane.

— Só de pensar na estréia, meus nervos ficam em frangalhos. Sabem, é minha primeira experiência no teatro ao vivo, e se o Mayo não fosse um diretor maravilhoso, eu teria desistido há semanas...

— Mas ainda não nos disse do que se trata.

— Bem, é... ah, eu não sei bem. É sobre um homem jovem, vindo de uma família comum, da classe trabalhadora. Ele escreve um livro que vira um *best-seller* e se torna uma celebridade — sabem? Vai para a televisão e tudo. Então ele se envolve com o pessoal do cinema e vai ficando cada vez mais rico e mais minado. Começa a beber e a ter casos, vivendo o máximo que pode. E naturalmente, no final, tudo desaba sobre sua cabeça como um castelo de

175

cartas e ele termina exatamente como começou, na casa de sua mãe, com sua velha máquina de escrever e uma folha de papel em branco. Parece piegas, eu sei, mas é tocante e verdadeiro, e o diálogo é realmente maravilhoso.

— Você acha que vai pegar?

— Não vejo como pode falhar. Mas eu estou sendo parcial.

— Qual o seu papel?

— Oh, sou apenas uma das muitas garotas. Mas diferente, porque fico grávida.

— Encantador — murmurou Jane.

— Mas não é sórdido, nem um pouco — garantiu Dinah. — Quando li o *script* pela primeira vez, não sabia se ria ou chorava. Trata-se da vida real, eu acho.

— É. — Jane terminou sua cerveja, colocou o copo vazio na bandeja e olhou o relógio de pulso. Disse, ostensivamente: — Robert, vou lá em cima me trocar. Não podemos chegar atrasados. Todos vão ficar nos esperando. — Levantou-se. — Você vai me desculpar, Dinah, não vai?

— Claro que vou e obrigada por ser tão gentil a respeito do banheiro. Telefono para você para dizer o que resolvi.

— Sim, faça isso.

Quando ela subiu, Dinah sorriu mais uma vez, confiante, para Robert.

— Espero não estar atrasando vocês. Vou embora logo que terminar esta cerveja, mas estou vivendo num lugar tão feio, que é deprimente. E está tão quente, não está? Gostaria que chovesse. Ficaria muito mais fresco se chovesse.

— Esta noite vai chover, tenho certeza. Diga-me, como conseguiu esse papel?

— Bem, como sabe, Amos Monihan escreveu a peça

COM TODO AMOR

e ele me viu na TV no seriado *Detetive*, então ligou para Mayo Thomas e disse que achava que eu seria perfeita para o papel. Então, fiz um teste. Foi desse jeito.

— E quem faz o protagonista? O homem jovem. O escritor.

—Foi complicado. Os produtores queriam um grande nome, alguém famoso. Mas Mayo encontrou um ator novo — ele o viu numa pecinha no interior e, de alguma forma, convenceu o homem da grana a lhe dar uma chance.

—Então temos um desconhecido no papel principal?

—É exatamente isso — anuiu Dinah. — Mas acredite em mim, ele é muito bom.

Terminou sua cerveja. Em cima, Jane andava pelo quarto, indo de um lado para outro, abrindo e fechando gavetas. Robert levantou-se para retirar o copo vazio.

— Vai querer a outra metade?

—Não, obrigada. Não devo mais ficar segurando vocês... —Levantou-se, puxando o vestido para baixo e afastando os longos cabelos do pescoço. Falou para o alto da escada. —Já estou indo. Até logo, Jane.

— Oh, até logo. — Jane agora parecia mais afável, vendo que a visitante estava mesmo de saída.

Dinah começou a descer a escada que dava para a saída e Robert acompanhou-a, pretendendo levá-la educadamente até a porta. Inclinou-se sobre seus cabelos brilhantes para destrancar a porta da frente. Fora, as gaivotas dormiam naquela noite quente e sem ar.

— Vou ficar de dedos cruzados até quarta-feira. — disse Robert.

—Agradeço muito.

Saíram para a rua. Ele abriu a porta do Fiat para ela e quis saber: — Qual o nome dele? Do jovem ator.

177

Dinah escorregou para o banco do motorista, revelando sua perna mais do que seria recomendável para a pressão arterial de qualquer pessoa.

— Christopher Ferris — ela respondeu.

"Então foi por isso que Jane não queria que eu me encontrasse com você", ele pensou.

— Christopher Ferris? Eu o conheço.

— É mesmo? Que engraçado.

— Pelo menos... conheci a irmã dele.

— Não sei nada sobre a família dele.

— Ele nunca lhe falou dela? De Emma?

— Nem uma palavra. Mas os rapazes geralmente não falam de suas irmãzinhas, não é?

Riu e fechou a porta do carro, mas a janela estava aberta e Robert colocou o cotovelo nela, como um vendedor impede com o pé que uma porta seja fechada.

— Gostaria de desejar boa sorte a ele também — disse.

— Darei seu recado a ele amanhã.

— Posso telefonar para ele?

— Bem, suponho que sim, mas os telefonemas não são exatamente bem recebidos quando estamos trabalhando. — Então, ela teve uma idéia brilhante. — Sabe de uma coisa? Eu tenho o telefone da casa dele em algum lugar. Um dia precisei ligar para o Mayo e deixei um recado com ele.

Pegou a bolsa no outro banco e começou a procurar. Fez surgir um *script,* uma carteira, um lenço, um vidro de óleo de bronzear, uma agenda. Folheou a agenda. — Aqui está, Flaxman, 8881. Quer que eu anote para você?

— Não. Eu guardo.

— Ele deve estar lá agora... Não sei o que ele faz em suas horas de folga. — Sorriu de novo. — Engraçado você conhecê-lo. O mundo é muito pequeno mesmo, não é?

COM TODO AMOR

— É. O mundo é muito pequeno.

Ela ligou o carro. — Gostei muito de conhecê-lo. *Ciao*.

Ele afastou-se um pouco. — Até logo.

O carrinho partiu por entre as cocheiras transformadas em casas e ele a observou enquanto se afastava. No cruzamento que ficava no final da rua estreita, o carro parou por um instante, depois saiu novamente, virou à esquerda e desapareceu; o ruído de seu motor foi engolido pelos ruídos anônimos do trânsito de Londres.

Voltou para a casa, fechou a porta e subiu as escadas. Não havia qualquer som no quarto.

— Jane.

Ela recomeçou a mover-se, como se estivesse muito ocupada.

— Jane.

— O que é?

— Venha cá.

— Mas eu ainda não estou...

— Venha até aqui um instante.

Depois de um momento, ela apareceu no alto das escadas, envolvida por um robe fino. — O que é?

— É Christopher Ferris — falou Robert.

Ela olhou fixamente para ele, com uma expressão fechada e subitamente implacável.

— O que tem ele?

— Você sabia que ele estava nessa peça. Que estava em Londres o tempo todo.

Ela desceu as escadas e veio em sua direção. Quando seu rosto estava bem de frente para o dele, respondeu friamente: — Sim, eu sabia.

179

—Mas você nunca me disse. Por quê?

—Talvez porque não acredite que se deva mexer em lagos lodosos. Além disso, você me prometeu. Nada de Littons.

—Isso não tem nada a ver com a minha promessa.

—Então, por que está ficando tão agitado e aborrecido? Escute, Robert, acho que penso a esse respeito mais ou menos do mesmo jeito que sua irmã Helen. Bernstein age de uma maneira profissional em relação a Ben Litton, e, fora isso, suas relações com a família devem terminar. Sei tudo sobre Emma e o tipo de vida que tem levado, e sinto pena dela. Fui a Brookford com você, vi aquele teatrinho asqueroso e aquele apartamento horrível. Mas ela é adulta e, como você mesmo disse, inteligente... O que tem Christopher estar em Londres? Isso não significa que Emma foi abandonada. Isso faz parte do trabalho dele e ela aceita muito bem, estou certa disso.

— Isso ainda não explica por que você nunca me contou.

—Talvez porque soubesse o tempo todo que você começaria a correr em círculos como um cão pastor enlouquecido. Imaginando o pior, acreditando ter responsabilidade, simplesmente porque ela é filha de Ben Litton. Robert, você a viu. Ela não quer ser ajudada. E se você tentar, só estará interferindo...

—Não sei se você está tentando convencer-me, ou a si mesma — ele retrucou lentamente.

—Seu bobo, estou tentando fazê-lo ver a verdade.

—A verdade é que, até onde sabemos, Emma Litton está sozinha, vivendo num porão úmido, com um paralítico bêbado.

—E não foi ela que escolheu assim?

180

COM TODO AMOR

Jane devolveu-lhe a pergunta, e depois, antes de ele poder responder, dirigiu-se para o carrinho de chá e começou a arrumar os copos vazios e as tampinhas de garrafa, na frágil tentativa de fingir estar ocupada. Ele observou com tristeza suas costas, seus cabelos macios, sua cintura fina, suas mãos hábeis. Ela estava implacável.

— Dinah Burnett me deu o número do telefone de Christopher — Robert disse delicadamente. — Eu preferia ligar para ele daqui.

— Faça como quiser. — Levou os copos para a cozinha. Robert pegou o telefone e discou o número decorado. Jane voltou para recolher as garrafas vazias.

— Alô. — Era Christopher.

— Christopher, aqui é Robert Morrow quem fala. Você lembra? Visitei-o em Brookford...

— Para ver Emma. Sim, é claro. Mas que esplêndido! Como soube onde me encontrar?

— Dinah Burnett me deu o seu número. Também me falou sobre a *The Glass Door*. Meus parabéns.

— Pode guardá-los até vermos o que os críticos têm a dizer.

— Mesmo assim, é um grande acontecimento. Escute, eu estava pensando a respeito de Emma.

A voz de Christopher tornou-se cuidadosa. — Sim?

Jane voltara da cozinha e parou junto da janela, de braços cruzados, olhando para a rua.

— Onde ela está?

— Em Brookford.

— No apartamento. Com seu amigo?

— Meu amigo? Oh, Johnny Rigger? Não, ele mudouse. Uma manhã, apareceu bêbado no ensaio e o diretor despediu-o. Emma está sozinha.

ROSAMUNDE PILCHER

Cuidadosamente, controlando seu humor, Robert indagou: — Você nunca pensou em telefonar para Marcus Bernstein ou para mim para dizer-nos isso?

—Bem, eu teria feito isso, mas antes de sair de Brookford, Emma me fez prometer que não o faria. Então, como vê, eu não podia. — Enquanto Robert, em um silêncio agitado, tentava aceitar essa desculpa, Christopher continuou, parecendo subitamente muito mais jovem e muito mais seguro de si. — Mas vou dizer-lhe o que eu fiz. Não me sentia muito bem deixando-a daquele jeito... então, escrevi para Ben.

— Escreveu para quem?

— Para o pai dela.

— Mas o que ele poderia fazer? Ele está na América... está no México...

—Não sabia que ele estava no México, mas escrevi-lhe aos cuidados de Bernstein, e ainda coloquei: por favor, urgente, no envelope. Como vê, pensei que alguém devesse saber o que tinha acontecido.

— E Emma? Continua trabalhando no teatro?

— Continuava, quando parti. Não havia realmente um motivo para ela vir para Londres comigo. Ensaio da manhã à noite e nunca poderíamos nos ver. Além disso, se *The Glass Door* encerrar a carreira depois de uma semana, vou precisar de meu antigo trabalho de Brookford novamente. Tommy Childers está gentilmente mantendo a vaga em aberto para mim. Então decidimos que seria melhor que Emma ficasse lá.

— E se *The Glass Door* ficar em cartaz durante dois anos?

—Nesse caso, não sei o que aconteceria. Mas no momento, vou ser honesto com você, as coisas estão um pouco

182

COM TODO AMOR

enroladas. A casa em que estou morando pertence à minha mãe. Estou morando com minha mãe. Como vê, as coisas, sendo como são, seriam meio complicadas.

— Sim — assentiu Robert. — Sim, entendo... como diz, é complicado. —Recolocou o telefone no gancho. Jane, sem se virar da janela, perguntou: — O que é tão complicado?

— Ele está morando com a mãe, Hester. E naturalmente ela não quer que um Litton macule sua porta. Vagabunda imbecil. E o companheirinho de casa alcoólatra cansou-se e foi embora. Portanto, Emma está sozinha. E para aliviar a consciência, Christopher escreveu para Ben Litton para contar-lhe o que aconteceu. E eu gostaria muito de amarrar todo aquele bando junto, prender neles uma pedra de moinho, bem pesada, e jogá-los num lago sem fundo.

—Eu sabia que isso aconteceria — disse Jane. Virou-se então para encará-lo, com os braços ainda cruzados rigidamente, e ele viu que ela não estava somente zangada, mas profundamente nervosa. —Poderia ser muito bom... o que existe entre nós... você sabe disso, não sabe? Tão bem quanto eu. E foi por isso que não lhe contei sobre Christopher, porque sabia que se você soubesse, isso seria o fim de tudo.

Ele gostaria de poder ter dito que "isso não tem que ser o fim", mas foi-lhe impossível.

— De certa maneira, Robert, durante este tempo todo você manteve sua promessa. Nunca mencionou Emma. Mas ela nunca saiu do fundo de sua cabeça.

Agora que aquilo fora dito e abertamente, ele viu que era verdade e respondeu, algo desesperançado: —Só porque, de alguma maneira extraordinária, estou envolvida com ela.

183

— Se está envolvido com ela é porque quer estar. E isso não é bom o suficiente, Robert. Não para mim. Não aceito ficar com o segundo lugar. Prefiro ficar sem nada. Pensei ter deixado claro. Para mim, tem de ser tudo ou nada. Não posso passar por tudo isso novamente.

Ele compreendeu. Mas a única coisa que conseguiu dizer foi "desculpe".

— Eu acho que... talvez seja melhor eu ir embora.

Seus braços continuavam cruzados, como uma barreira separando-o dele. Não havia uma maneira de dizerem adeus. Ele não poderia beijá-la. Não poderia dizer simplesmente "Foi muito divertido", na melhor tradição das comédias de televisão. E jamais poderia perdoá-la por tentar afastá-lo de Emma.

Então, decidiu: — Tenho de ir agora.

— Sim, faça isso. — Mas quando ele começou a descer as escadas, ela lembrou-se de uma coisa. — Você deixou o vinho.

— Esqueça o vinho — retrucou Robert.

10

A canção terminara. As luzes diminuíram. Charmian, no papel de Oberon, avançou para seu discurso final. A música de Mendelsohn gravada, já que as diminutas proporções do Teatro de Repertório de Brookford não permitiam a presença de uma orquestra, ecoou na caverna escura do auditório e provocou em Emma, que encontrava-se sentada à mesa da contra-regra, a magia de uma noite de verão.

"Agora, até o romper da aurora
Que cada fada erre por esta casa à vontade..."

Era o primeiro final de semana de *Sonhos de uma Noite de Verão*. Depois do fiasco financeiro de *Daisies on the Grass*, a direção do teatro resolvera partir para a montagem de uma obra de Shakespeare que, apesar de representar o dobro do trabalho para todo mundo, garantia uma indicação do Conselho de Arte e casas cheias, compostas em sua maioria de crianças em idade escolar e estudantes de toda espécie.

No momento, Emma não trabalhava mais para Collins, o diretor de palco. Havia uma nova contra-regra, uma jovem recém-saída da escola de teatro, dedicada, decidida e aparentemente imune à língua afiada de Collins. Ela estava no palco, vestida com a túnica de veludo cinza, com as asas prateadas de Cobweb, a fada, pois o elenco enorme

185

da peça exigia que cada membro da companhia representasse um papel.

Por esse motivo, Tommy Childers pedira a Emma para ajudar nas atividades da coxia. Na última quinzena, ela enfrentara uma série de funções; ajudar no guarda-roupa, trabalhar no depósito de cenários; datilografar *scripts*, e durante todo o tempo que sobrava saía para comprar sanduíches, cigarros e fazer intermináveis jarras de chá.

Esta noite, ela recebera a função de ponto, e passara a noite com os olhos colados no texto, apavorada de perder seu lugar, de não perceber um sinal, de permitir que algum ator se desse mal. Mas agora, quando a peça já chegava a seu final e sabendo o resto de cor, permitiu que sua concentração relaxasse um pouco, dando-se o luxo de observar o palco.

Charmian usava uma coroa de folhas cor de esmeralda, um manto prateado, assim como botas também prateadas que subiam por suas pernas longas e esbeltas. A platéia, dominada pela antiga magia das palavras, permanecia com o fôlego suspenso, encantada.

"Afastai-vos rapidamente; não vos detenhais;
Encontrar-nos-emos ao raiar do dia."

Para aumentar as coxias apinhadas dos dois lados do palco, Tommy Childers construíra uma rampa que ia do palco ao centro da platéia. Nesse momento, Oberon e Titânia, de mãos dadas, faziam sua saída da cena iluminada e corriam pela rampa, ladeados por uma multidão de fadas, com seus véus voando como asas exuberantes e penetrando na escuridão; rápida e silenciosamente, percorriam o centro do auditório e saíam pelas portas duplas no fundo do mesmo,

COM TODO AMOR

com uma velocidade como se desaparecessem sem um som, sem deixar o menor traço.

O palco agora ficava para Sara Rutherford, que representava Puck, como um adolescente de orelhas pontudas, onde permanecia sozinha sob um único refletor.

"Se nós, sombras, vos ofendemos,
Pensai somente nisto e tudo estará resolvido."

Ela levava uma pequena flauta. Quando chegou à frase "E boa noite para todos vós", tocou a linha musical simples que era o tema da música de Mendelsohn.

Então, triunfantemente, dizia sua última fala "Dai-me vossas mãos, se somos amigos, e Robin mostrará seu reconhecimento". E, imediatamente, seguiram-se a escuridão, a cortina e os aplausos.

Tudo terminado. Emma soltou um suspiro de alívio por nada ter dado errado, fechou a cópia do ponto e sentou-se em sua cadeira. O elenco adentrava novamente no palco para os primeiros aplausos. Quando passou por ela, o rapaz que representava Nick Botton inclinou-se e sussurrou:

— Tommy pediu-me para dizer-lhe que há um sujeito aí, esperando para vê-la. Ele ficou sentado por meia hora no Green Room, mas Tommy mandou-o entrar no escritório dele, pois pensou que seria mais reservado para você. É melhor você ir lá para saber do que se trata.

— Para me ver? Mas quem é?

Mas Tommy já entrara no palco. A cortina subiu, ouviu-se uma nova onda de aplausos, seguidos de sorrisos, agradecimentos e cortesias...

O primeiro pensamento de Emma foi de que deveria

187

tratar-se de Christo. Mas se fosse ele, por que não teria dito? Ela desceu os degraus de madeira e seguiu pelo corredorzinho que levava à porta de serviço do palco. À sua frente, depois de uma pequena passagem, a porta do Green Room estava completamente aberta, deixando ver uma parte do sofá de veludo já desbotado e os velhos cartazes pendurados nas paredes. O escritório de Tommy Childers ficava no final dessa passagem. A porta estava fechada.

Atrás dela, os aplausos diminuíram, para crescer novamente com a nova abertura da cortina.

Emma abriu a porta.

Era uma sala minúscula, mas suficientemente espaçosa para conter a mesinha, duas cadeiras e um fichário. Ele estava sentado à mesa, na cadeira de Tommy, parcialmente escondido pelo caos pessoal e particular de *scripts*, cartas, provas de programas e notas de produção. A parede por trás dele estava coberta de fotografias de peças. Alguém fizera para ele uma xícara de chá, mas ele não ousara bebêlo, pois o chá permanecia na sua frente, terrivelmente frio e intocado. Estava vestido com calças de um cinza perolado, uma jaqueta de veludo, uma camisa de algodão azulescura e uma gravata amarela brilhante, com o nó ligeiramente frouxo, deixando ver o primeiro botão. Estava mais bronzeado do que nunca, parecia uns dez anos mais novo e quase que indecentemente atraente.

Fumava um longo cigarro americano e um cinzeiro cheio de pontas indicava o tempo que esperava por Emma. Quando ela atravessou a porta, virou a cabeça para olhar para ela, descansando os cotovelos na mesa e o queixo nos polegares. Seus olhos, através do véu da fumaça do cigarro, permaneciam escuros e sombreados, completamente inescrutáveis.

COM TODO AMOR

Então, perguntou em um tom ligeiramente irritado:

— O que você estava fazendo? — E Emma ficou tão surpresa, que não teve outra atitude senão responder.

— Pontando.

— Pois entre e feche a porta.

Ela obedeceu prontamente. Os aplausos da platéia desapareceram completamente. Seu coração estava disparado e Emma não conseguia saber se isso seria pelo choque, pelo prazer, ou por uma certa apreensão. Finalmente, falou:

— Pensei que você estivesse na América.

— Estava, esta manhã. Cheguei hoje. E ontem... pelo menos creio que tenha sido ontem, com todas essas mudanças de horários internacionais... eu estava no México. Sim, ontem estava em Acapulco.

Emma pegou uma cadeira, sentou-se delicadamente nela antes que suas pernas falhassem.

— Acapulco?

— Você sabe que os aviões que voam para Acapulco são todos pintados de cores diferentes? E enquanto vamos para o sul, as aeromoças fazem uma espécie de *strip-tease* com os uniformes? É fascinante — continuou a inspecioná-la. — Emma, existe alguma coisa diferente em você. Ah, já sei, você cortou os cabelos. Mas que boa idéia! Vire-se para que eu possa ver atrás. — Ela obedeceu, virando a cabeça cuidadosamente, observando-o pelo canto dos olhos. — Está muito melhor. Nunca imaginei que sua cabeça tivesse um formato tão bonito. Pegue um cigarro.

Empurrou o maço por sobre a mesa. Emma tirou um e ele o acendeu, protegendo a chama com suas mãos bonitas e familiares. Enquanto apagava o fósforo, comentou

189

casualmente: — Muitas cartas viajaram através do Atlânti-co. Nenhuma delas escrita por você.

Era uma reprimenda. — Não, eu sei.

— É difícil de compreender. Não que particularmente eu me importe; embora possa dizer que como foi a primeira carta que escrevi para você, teria sido agradável receber uma resposta. Mas com a Melissa foi diferente. Ela queria que você fosse para os Estados Unidos, ficar conosco, nem que fosse para uma visita curta. Você sempre foi muito boa nessas coisas. O que aconteceu?

— Não sei. Acho que fiquei... desapontada porque você não voltou para casa. E levei bastante tempo para acostumar-me com a idéia de seu casamento. E depois, quando comecei a aceitá-lo... já era tarde demais para responder suas cartas. E a cada dia que passava, as coisas ficavam piores; tornou-se praticamente impossível. Eu nunca soube que se fizéssemos alguma coisa de que não nos orgulhássemos... ficaria cada vez mais difícil desfazer o que estava feito.

Ele não fez qualquer comentário. Simplesmente continuou a fumar e a observá-la.

— Você disse muitas cartas. De quem teve notícias?

— Do Marcus, naturalmente. Cartas de negócios. Depois, uma carta pomposa, bastante formal, de Robert Morrow, dizendo que viera ver uma peça aqui e que tomara um drinque com você e Christopher. Mas não entendi bem se ele veio especificamente para ver a peça ou ver você.

— Sim, bem...

— Logo que soubemos que você estava viva, aparentemente ocupada e sem a menor intenção de visitar-nos, Melissa e eu pegamos nosso avião colorido para o México, onde ficamos com um velho e maluco astro de cinema, numa casa

COM TODO AMOR

de periquitos. Então, ontem, voltei para Queenstown e tive a surpresa de encontrar mais uma carta.

— De Robert?

— Não. De Christopher.

Ela não conseguiu evitar exclamar: — De Christopher?!

— Ele deve ser um jovem excepcionalmente talentoso. Está numa produção londrina, tão cedo, com tão pouca experiência. É claro que eu sempre soube que ele faria um tremendo sucesso na vida. Ou isso, ou terminaria na prisão.

Mas nem essa provocação conseguiu distraí-la.

— Você quer dizer que Christopher escreveu para você?

— Dito nesse tom de voz, parece um insulto.

— Mas por quê?

— Bem, a única coisa que se poderia imaginar é que ele se sentia ligeiramente responsável.

— Mas... — Uma idéia começou a formar-se em sua cabeça. Uma suspeita tão maravilhosa que, se não fosse verdade, deveria ser afastada imediatamente. — Mas você não voltou para casa por causa dessa carta? Então voltou para pintar. Para voltar para Porthkerris e pintar novamente?

— Bem, é claro, para falar a verdade, vim mesmo. O México foi inspirador. Lá, eles têm um rosa extraordinário que aparece em suas construções, seus quadros e até em suas roupas.

— Talvez você tenha enjoado de Queenstown e da América — ela insistiu. — Você nunca foi muito bom em permanecer em um mesmo lugar por mais de alguns meses. E é claro que teria de ver Marcus. E começar a pensar numa nova exposição.

Ele olhou para ela sem qualquer expressão.

— Por que todo esse catálogo de motivos?

191

ROSAMUNDE PILCHER

— Ora, tem de haver alguma razão.

— Acabei de dizer. Eu vim ver você.

Ela não queria mais o cigarro que ele lhe oferecera. Inclinou-se e apagou-o no cinzeiro, e depois colocou as mãos sobre seu colo, com as palmas fortemente apertadas, os dedos entrelaçados. Interpretando mal o silêncio dela, Ben pareceu melindrado.

— Creio, Emma, que você não compreendeu bem a situação. Eu literalmente voei do México, li a carta de Christopher, dei um beijo de despedida em Melissa e parti novamente. Nem tive tempo de trocar de camisa. Então, enfrentei novamente mais 12 horas de vôo, com aquele tédio sendo rompido somente por uma série de refeições intragáveis, todas com gosto de plástico. E você pensa que passei por tudo isso só para falar com Marcus Bernstein sobre uma outra exposição?

— Mas, Ben...

Mas ele continuava seguindo sua linha de raciocínio, sem a menor vontade de ser interrompido.

— E logo que cheguei, fui até o Claridges, onde Melissa tão atenciosamente reservou um quarto para mim? Tomei um banho, ou uma bebida, ou comi uma refeição decente? Não. Eu entrei no táxi mais lento deste lado do Atlântico e parti sob uma chuva insuportável até Brookford — (pronunciou essa palavra como se fosse alguma coisa desagradável) — onde, depois de várias direções erradas tomadas pelo motorista, consegui encontrar o teatro de repertório. Neste momento, o táxi está lá fora, com o taxímetro correndo e marcando uma quantia monumental. Se não acredita em mim, pode ir lá olhar.

— Acredito em você — replicou Emma prontamente.

— E então, quando você resolve aparecer, só sabe falar

192

COM TODO AMOR

sobre Marcus Bernstein e uma exposição hipotética. Sabe de uma coisa? Você não passa de uma menina ingrata, um exemplo típico da geração moderna. Você não merece ter um pai.

— Mas eu já estive sozinha antes — Emma replicou.

— Durante anos fiquei sozinha. Na Suíça, em Florença e em Paris. E você nunca foi me ver.

— Você não precisava de mim na época — respondeu Ben, secamente. — E eu sabia o que estava fazendo e com quem estava. Desta vez, quando li aquela carta de Christopher, senti pela primeira vez o que era preocupação. Talvez porque Christopher, mais do que qualquer outra pessoa, jamais tivesse escrito para mim se ele mesmo não estivesse preocupado. Por que não me disse que iria encontrar-se com ele em Paris?

— Pensei que você não fosse gostar muito.

— Isso depende do tipo de pessoa em que ele se transformou. Será que mudou muito daquele menininho que morou conosco em Porthkerris?

— Parece o mesmo... mas ficou alto... agora é um homem. De mente simples, ambicioso e talvez um pouco centralizador. E com todo o charme do mundo. — Falar sobre ele com Ben parecia tirar um peso dos ombros de Emma. Ela sorriu. — E eu o adoro.

Ben aceitou com bom humor sua declaração e sorriu de volta.

— Você está parecendo Melissa quando fala sobre Ben Litton. Parece que o jovem Christopher e eu, afinal de contas, temos muito em comum. É uma ironia que tenhamos perdido tanto tempo detestando um ao outro. Talvez eu devesse ser apresentado a ele novamente. E dessa vez nós deveríamos nos entender um pouco melhor.

193

— É, eu acho que sim.

— Melissa vem me encontrar em uma ou duas semanas. Ela vem para Porthkerris.

— Vão morar no chalé? — perguntou Emma, sem conseguir acreditar.

Ben parecia divertido.

— Melissa? No chalé? Você deve estar brincando. Já reservamos uma suíte no The Castle. Deverei levar uma vida de peixe num aquário, mas talvez, como estou ficando mais velho, a existência de um sibarita comece a revelar os seus encantos.

— Mas ela não se importou... em você vir para cá desse jeito? Apenas dando um beijo de despedida e partindo sem nem ao menos ter tempo para trocar de camisa?

— Emma, Melissa é uma mulher inteligente. Ela não tenta prender um homem ou tentar possuí-lo. Ela sabe que a melhor maneira de ficar com alguém que se ama é muito gentilmente deixá-lo em liberdade. As mulheres levam muito tempo para aprender isso. Hester nunca aprendeu. E quanto a você?

— Estou aprendendo — disse Emma.

— O mais extraordinário é que acredito que esteja.

Nesse momento, a noite já descera, de forma inesperada, enquanto conversavam, com a escuridão aprofundando-se imperceptivelmente até que o rosto de Ben, do outro lado da pequena distância que os separava, tornara-se um borrão, e seus cabelos, um halo branco. Havia uma lâmpada sobre a mesa, mas nenhum deles resolvera acendê-la. A noite envolvia-os, a porta fechada mantinha o resto do mundo de fora. Eles eram os Litton; uma família; estavam juntos.

Enquanto conversavam, as coxias do teatro encheram-se dos sons rotineiros. A última abertura da cortina. Vozes:

COM TODO AMOR

Collins gritando com algum eletricista infeliz. Pés apressados correndo escada acima na direção dos camarins, ansiosos para afastar-se, para livrar-se dos trajes e da maquilagem, para pegar ônibus, ir para suas casas, preparar suas refeições, lavar suas meias e, talvez, fazer amor. Os passos soavam de um lado para o outro, entrando e saindo do Green Room: "Querido, você tem um cigarro"? "Onde está a Delia"? "Alguém viu a Delia"? "Ninguém telefonou para mim?"

Os sons foram diminuindo e as pessoas foram saindo de duas em duas ou de três em três do teatro. Desceram as escadas de pedra e saíram pela porta giratória para o beco estreito. Ouviu-se um motor de carro sendo ligado. Em algum lugar, um homem começou a assobiar.

Atrás de Emma, a porta abriu-se abruptamente e a suave escuridão fendeu-se com um raio de luz amarela.

— Desculpe interrompê-los. — Era Tommy Childers. — Não querem que acenda a luz? — Apertou o interruptor e Ben e Emma ficaram por um instante atordoados, piscando, como duas corujas sonolentas. — Só queria pegar uma coisa em minha mesa antes de ir para casa.

Emma levantou-se, puxando sua cadeira para fora do caminho.

— Tommy, você sabia que este é meu pai?

— Não tinha certeza. — Tommy sorriu para Ben. — Pensei que o senhor estivesse na América.

— Todos pensavam que eu estava na América. Minha mulher também, até eu me despedir dela. Espero não tê-lo incomodado, tendo ficado tanto tempo sentado aqui em sua sala.

— Absolutamente. O único problema é que o vigia noturno está ficando um pouco nervoso por causa da porta de serviço. Vou dizer a ele que você mesma fecha, Emma.

195

ROSAMUNDE PILCHER

—Sim, é claro.

—Bem... então, boa-noite, sr. Litton.

Ben levantou-se por sua vez.

—Eu estava pensando em levar Emma comigo para Londres esta noite. O senhor não faria objeção?

—De maneira alguma — respondeu Tommy. — Ela tem trabalhado como uma escrava nas últimas duas semanas. Vai ser bom para ela ter uns dias de folga.

Emma então disse: —Não sei por que você perguntou ao Tommy se nem me perguntou ainda.

—Eu não lhe peço coisas — falou Ben. — Eu lhe digo.

Tommy riu.

—Neste caso, espero que compareçam à estréia.

Ben permanecia um tanto vago.

—Estréia?

Secamente, Emma explicou melhor.

—Ele está falando da estréia de Christopher. Na quarta-feira.

—Tão cedo? Já devo ter voltado para Porthkerris então. Teremos de comparecer.

—Creio que deviam tentar fazer isso — disse Tommy. Apertaram-se as mãos. — Foi maravilhoso conhecer o senhor. E quanto a Emma, eu a vejo qualquer hora.

—Talvez na semana que vem, se *The Glass Door* for um fracasso...

—Não será — disse Tommy. — Se o que Chris fez com *Daisies on the Grass* serviu como amostra, nossa temporada vai durar tanto quanto *The Mousetrap*.* Não se esqueça de fechar a porta.

Afastou-se, então, escadas abaixo; ouviram seus pas-

---

* *The Mousetrap* (A Ratoeira), peça de Agatha Christie: a maior temporada de todos os tempos, permanecendo vários anos em cartaz. (N.T.)

COM TODO AMOR

sos sumirem no beco sob a janela, em direção à rua. Emma suspirou.

— Acho que devemos ir. O vigia noturno tem traumas só de se pensar que o teatro não ficou perfeitamente fechado. E aquele seu motorista, ou perdeu a esperança de vê-lo novamente, ou morreu de velhice.

Mas Ben instalara-se outra vez na cadeira de Tommy.

— Um momento — disse. — Há mais uma coisa. — Pegou mais um cigarro americano do maço. — Quero perguntar-lhe sobre Robert Morrow.

Sua voz era desconcertantemente calma. Nunca mudava ou variava as inflexões, e as pessoas sempre eram apanhadas de surpresa. Todos os nervos do corpo de Emma saltaram assustados, mas ela replicou, o mais casualmente que conseguiu:

— O que tem ele?

— Eu sempre tive uma sensação bastante forte sobre aquele jovem.

Ela tentou parecer frívola.

— Você quer dizer, além de admirar a forma da cabeça dele?

Ben ignorou essa observação.

— Uma vez perguntei-lhe se gostava dele e você respondeu: "Suponho que sim. Eu mal o conheço".

— O que tem isso?

— Conhece-o melhor agora?

— Sim; bem, suponho que sim.

— Quando ele veio a Brookford naquela vez, não veio simplesmente para visitar o teatro, não foi? Ele veio vê-la.

— Ele veio me procurar. Não é exatamente a mesma coisa.

197

ROSAMUNDE PILCHER

—Mas ele se deu o trabalho de procurá-la. Pergunto-me por que isso.

—Talvez tenha se sentido impelido pelo famoso senso de responsabilidade dos Bernstein.

—Pare de disfarçar.

—O que você quer que eu diga?

—Quero que me diga a verdade. E que seja honesta consigo mesma.

—O que o faz pensar que não estou sendo?

—Porque uma luz apagou-se em seus olhos. Porque deixei-a em Porthkerris, morena e brilhante como uma cigana. Por causa do jeito que se senta agora, do jeito que fala, do jeito que olha. — Acendeu seu cigarro, quebrou o palito de fósforo e colocou-o meticulosamente no cinzeiro. — Talvez você se esqueça de que observo as pessoas, disseco suas personalidades, pinto-as, há mais tempo do que você tem de vida. E não foi Christopher que a deixou infeliz. Você mesma me disse isso.

—Talvez tenha sido você.

—Bobagem. Um pai? Zangada, talvez. Ferida e magoada. Mas nunca de coração partido. Fale-me sobre Robert Morrow. O que deu errado?

De repente o pequeno aposento tornou-se insuportavelmente abafado. Emma levantou-se, foi até a janela, debruçou-se com os cotovelos sobre o batente, respirando profundamente as golfadas de ar fresco recém-lavado pela chuva.

Falou, então: — Suponho que nunca me dei verdadeiramente ao trabalho de compreender o que ele realmente é.

—Não entendo.

—Bem... como o encontrei pela primeira vez. Tudo começou da maneira mais errada. Nunca pensei nele como

198

COM TODO AMOR

uma pessoa com uma vida particular, uma existência pessoal, com gostos e desgostos... e amores. Era somente uma parte da Bernstein, como o Marcus também é. Simplesmente existia lá para tomar conta de nós. Para providenciar exposições, descontar cheques, reservar acomodações em hotéis, tornar a vida, pelo menos a dos Litton, a mais fácil possível. — Virou-se e olhou para o pai, surpresa por sua própria revelação. — Como pude ser tão idiota?

—Possivelmente herdou isso de mim. O que colocou um fim nessa doce ilusão?

—Oh, não sei. Coisas. Ele veio a Porthkerris para ver os quadros de Pat Farnaby e pediu-me para ir a Gollan com ele, porque não conhecia o caminho. Estava chovendo muito, ele usava uma grande suéter e ríamos das coisas. Eu não sei, mas foi agradável. E íamos jantar juntos, mas ele... bem... não importa por que, tive uma dor de cabeça e acabei não indo. Então, eu vim a Brookford para ficar com Christo e não pensei mais em Robert Morrow até aquela noite em que ele apareceu no teatro. Eu estava limpando o palco e de repente ele falou, bem atrás de mim; virei-me e lá estava ele. E estava acompanhado de uma moça. O nome dela é Jane Marshall e é decoradora de interiores, ou qualquer coisa que exija bastante talento. Ela é bonita, bem-sucedida e os dois formavam um belo casal. Entende o que estou dizendo? Compenetrados, auto-suficientes e... juntos. E eu me senti como se alguém tivesse batido uma porta em meu rosto e me deixasse do lado de fora, no frio.

Nesse momento, ela saiu da janela, foi para a mesinha e sentou-se sobre ela, brincando com um elástico entre os dedos.

— Então, eles foram até nosso apartamento, para tomar uma cerveja ou um café, ou qualquer outra coisa, e

199

ROSAMUNDE PILCHER

tudo foi odioso. Robert e eu tivemos uma briga horrível, ele saiu sem se despedir, levando Jane Marshall com ele. Voltou para Londres e podemos imaginar... — Tentou desesperadamente manter um tom leve na voz. — ... que viveram felizes para sempre. De qualquer forma, nunca mais o vi.

— Foi por isso que você não quis que Christopher contasse para ele que você estava vivendo sozinha?

— Foi.

— Ele está apaixonado por aquela moça?

— Christo achou que estava. Achou-a encantadora. Disse ainda que, se Robert não se casasse com ela, deveriam mandar examinar sua cabeça.

— E por que a briga?

Emma não conseguiu lembrar-se. Em retrospecto, aquilo produzia um efeito tão doloroso quanto um disco de gramofone tocado ao contrário e no tom mais alto. Uma troca de palavras gritadas, sem sentido, dolorosas, lamentáveis.

— Ora, por tudo. Por você. Por eu não responder à sua carta. E por Christo. Creio que ele imagina que eu e Christo estamos perdidamente apaixonados, mas, quando chegamos a esse ponto, eu estava tão zangada que não me dei ao trabalho de desiludi-lo.

— Talvez isso tenha sido um erro.

— É, talvez tenha sido mesmo.

— Você quer continuar aqui, em Brookford?

— Não existe outro lugar para eu ir.

— Existe Porthkerris.

Emma virou-se e sorriu para ele. — Com você? No chalé?

— Por que não?

200

COM TODO AMOR

— Por mil motivos. Correr para casa para os braços do papai nunca resolveu nada. Além disso, não se pode fugir de nossa própria vontade.

Ele estava em seu caminho finalmente e a auto-ilusão e a agitação das últimas seis semanas estavam terminadas. O Alvis — como um caçador à procura de sua caça — partia para o oeste, saindo da estrada de Hammersmith rapidamente, e entrando na M4. Robert mantinha-se permanentemente na autopista, mantendo o velocímetro prudentemente nos 100 km/h, pois não conseguiria suportar, no estado em que se encontrava, a frustração de ser parado por algum policial de trânsito por excesso de velocidade. Quando estava próximo do aeroporto de Heathrow, a primeira trovoada rompeu o ar pesado e silencioso; parou, então, no primeiro acostamento para levantar a capota. Ele chegava bem a tempo. Quando voltou para a estrada, a noite carregada irrompeu como um vulcão. O vento, com uma violência inesperada, vinha disparado do oeste, as nuvens negras trazendo trovoadas estrondosas à sua frente e, quando a chuva caiu, foi como uma explosão repentina de água, muita água, escorrendo aos borbotões pelos vidros do automóvel, contra a qual os limpadores de pára-brisa não conseguiam competir. Em segundos, a superfície da estrada estava inundada, refletindo os raios lívidos que caíam do céu.

Ocorreu-lhe que talvez fosse melhor parar um pouco para esperar que o pior da tempestade passasse, mas, naquele momento, a sensação de alívio que sentia ao fazer o que subconscientemente desejara há várias semanas foi mais forte do que qualquer idéia de cuidado. E ele continuou: a grande curva abaulada do capô de seu carro corria à sua frente, o motor rugindo sob as rodas, voando em meio a uma onda de água; tudo já era coisa do passado, rejeitada e esquecida, juntamente com suas próprias e frágeis incertezas.

Encontrou o teatro fechado. Ainda conseguia ler os cartazes sob a luz do poste: *"Sonhos de uma Noite de Verão"*. Apagado e deserto, o prédio parecia sombrio como o ponto de encontro de missionários que fora um dia. A porta estava trancada; todas as janelas, escuras.

Desceu do carro. Esfriara, e ele pegou no banco traseiro a suéter que permanecia lá desde o fim de semana em Bosham, colocando-a por sobre a camisa. Fechou a porta do carro e viu o táxi solitário, aguardando na beira da calçada, o motorista deitado sobre o volante. Poderia mesmo estar morto.

— Tem alguém lá dentro?

— Deve ter, doutor. Estou esperando um passageiro.

Robert caminhou pela calçada até chegar ao beco estreito, pelo qual há tanto tempo Emma e Christopher vieram, como apaixonados, com os braços enlaçados ao redor de suas cinturas. Naquele lado do prédio sombrio, uma janela sem cortinas do primeiro andar brilhava com uma luz acesa. Continuou pelo beco cheio de sombras, esbarrou numa lata de lixo e encontrou uma porta aberta. Lá dentro, um lance de degraus de pedra levava ao andar de cima, levemente iluminado por uma luz que brilhava no primeiro andar. Foi assaltado pelos odores do teatro velho, cheiro de tinta e veludo mofado. Do andar de cima vinha um murmúrio de vozes e dirigiu-se para lá, encontrando a passagem estreita e a porta com a placa "Sala do Produtor", encostada e iluminada por uma luz brilhante.

COM TODO AMOR

Empurrou a porta, as vozes cessaram abruptamente, e ele encontrou-se no limiar de um escritório minúsculo e entulhado de objetos e papéis, olhando para os rostos atônitos de Ben e Emma Litton.

Emma estava sentada sobre a mesinha, de costas para o pai e de frente para Robert. Estava com um vestido curto, simples e largo, e suas longas pernas mostravam-se nuas e bronzeadas. A sala era tão pequena que, ele parado onde estava, à porta, encontrava-se a um braço de distância de Emma. Se quisesse, poderia esticar a mão e tocá-la. Concluiu que ela nunca lhe parecera tão bonita.

Seu alívio e prazer ao ver Emma foi tão grande, que a expressão inesperada de Ben pareceu-lhe insignificante. Ben também não parecia surpreso. Simplesmente levantou suas sobrancelhas escuras e falou:

— Ora, vejam só quem apareceu agora.

Robert enfiou as mãos nos bolsos e disse: — Eu pensei...

Ben levantou uma das mãos.

— Eu sei. Pensou que eu estivesse na América. Pois não estou. Estou em Brookford. E quanto mais cedo sair daqui e voltar para Londres, melhor.

— Mas quando você...

Ben apagou o cigarro, levantou-se rapidamente e o interrompeu.

— Por acaso você não viu um táxi esperando na frente do teatro?

— Sim, vi. O motorista parecia petrificado ao volante.

— Pobre sujeito. Devo ir lá fora falar com ele.

— Estou com o meu carro — retrucou Robert. — Se quiser, posso levá-lo para Londres.

— Melhor ainda. Vou pagar ao rapaz.

Emma não se movera. Ben deu a volta em torno da

203

ROSAMUNDE PILCHER

pequena mesa e Robert teve de afastar-se para deixá-lo sair.

— A propósito, Robert, Emma também vai. Há espaço para ela no carro?

— Mas é claro. — Já na porta, os dois olharam-se. Ben então completou com satisfação:

— Esplêndido! Espero por vocês dois lá fora.

— Você sabia que ele viria?

Emma sacudiu a cabeça negativamente.

— Isso tem alguma coisa a ver com a carta que Christopher escreveu para ele?

Emma concordou.

— Ele chegou hoje dos Estados Unidos para ter certeza de que você está bem?

Emma concordou novamente, com os olhos brilhando. — Ele devia estar no Mexico com Melissa, mas veio direto para cá. Nem mesmo Marcus sabe que ele está aqui. Ele nem foi a Londres. Pegou um táxi no aeroporto e veio diretamente para Brookford. Também não ficou zangado com Christopher e disse que se eu quiser posso ir para Porthkerris com ele.

— E você vai?

— Ah, Robert, não posso continuar cometendo os mesmos erros a vida toda. Hester também enganou-se. Nós duas queríamos que Ben se comportasse segundo nossas idéias de um marido bom e confiável e de um pai gentil e doméstico. E isso era tão realista quanto tentar engaiolar uma pantera. E quando se pensa melhor sobre o assunto é que se percebe como uma pantera engaiolada pode ser aborrecida. Além disso, Ben não é mais um problema meu. É de Melissa.

COM TODO AMOR

Robert quis saber: — Então, qual será agora a sua lista de prioridades?

Emma fez uma careta. — Ben disse uma vez que você era dono de uma cabeça nobre e que deveria deixar crescer uma barba e que, então, ele o pintaria. Mas se eu fosse pintar você, eu o faria com um balão saindo de sua boca e nele escrito em letras garrafais: "Eu Avisei".

— Eu nunca disse isso a ninguém em toda a minha vida. E pode ter certeza de que não fiz toda esta viagem até aqui para dizer isso.

— E o que veio dizer?

— Que se soubesse que você estava sozinha, teria vindo para cá há semanas. Que se conseguir comprar duas entradas para a estréia de Christo, quero que você venha comigo. Que sinto muito ter gritado com você na última noite em que estive aqui.

— Eu também gritei.

— Odeio ficar discutindo com você, mas de alguma maneira extraordinária que não compreendo muito bem, ficar longe de você é mil vezes pior. Vivo repetindo para mim mesmo que isso é uma coisa acabada, que é melhor que seja esquecida. Mas o tempo todo, não consigo tirar você da minha cabeça. Jane sabia. Ela me disse esta noite que sempre soube de tudo.

— Jane?

— Tenho vergonha de admitir que fiquei fazendo Jane correr em círculos comigo, para evitar ter de encarar a terrível verdade.

— Mas por causa de Jane fiz com que Christo me prometesse não ligar para você. Eu pensei...

— E foi por causa de Christo que não voltei a Brookford.

— Você pensou que estávamos namorando, não foi isso?

— Não era o que deveria pensar?

— Mas como você é bobo. Christo é meu irmão.

Robert segurou a cabeça de Emma entre as mãos e, colocando os polegares sob seu queixo, levantou-lhe o rosto para ele. Pouco antes de beijá-la, ele indagou:

— E como você queria que eu adivinhasse isso?

Quando se dirigiram para o carro, não havia mais sinal de Ben, mas ele deixara um bilhete para eles, preso entre o limpador de pára-brisa e a janela do carro.

— Como uma multa de estacionamento — comentou Emma.

Era uma carta não convencional, escrita em uma folha do bloco de rascunhos de Ben, encimada por um desenho — dois perfis virados um para o outro. Percebia-se imediatamente o queixo determinado de Emma e o nariz formidável de Robert.

— Somos nós. É para nós dois. Leia alto.

Robert obedeceu: "O motorista não ficou muito feliz com a idéia de voltar para Londres sozinho e, portanto, resolvi acompanhá-lo. Estarei no Claridges, mas preferia não ser perturbado até o meio-dia de amanhã."

— Mas se não devo ir para o Claridges antes do meio-dia, para onde é que vou?

— Acho que deve ir para casa comigo. Para Milton Gardens.

— Mas não tenho nada. Nem minha escova de dentes.

— Eu compro uma escova de dentes para você — disse Robert e beijou-a novamente, antes de continuar a

206

COM TODO AMOR

ler a carta. — "Então, já terei recuperado meu sono e terei tempo de gelar o champanhe e estar pronto para comemorar qualquer coisa que vocês tenham para me dizer."

— Mas que safado! Ele sabia o tempo todo.

— "Com todo amor e que Deus os abençoe, Ben."

Depois de algum tempo, Emma perguntou: — É só isso?

— Não exatamente. — Robert entregou-lhe a carta e Emma viu, sob a assinatura de Ben, um terceiro desenho. Uma onda de cabelos brancos, um rosto moreno, e dois olhos escuros com um olhar intenso.

—Auto-retrato — disse Robert. —Ben Litton por Ben Litton. Este deve ser único. Um dia poderemos vendê-lo por milhares de libras.

— "Com todo amor e que Deus os abençoe."

— Este eu nunca vou querer vender — decidiu Emma.

— Nem eu. Vamos, querida. Está na hora de ir para casa.

Este livro foi impresso no
Sistema Digital Instant Duplex da Divisão Gráfica da
DISTRIBUIDORA RECORD DE SERVIÇOS DE IMPRENSA S.A.
Rua Argentina, 171 - Rio de Janeiro/RJ - Tel.: (21) 2585-2000